■対ドローン防御車両"イーグルス（EAGLS

全長　4.93m
全幅　2.31m
全高　1.91m
車両重量　2,962kg
乗員数　2名
最高速度　113km/h
行動距離　402km
※諸元データはHMMWV M115

武
70mm レーザー誘導APKWS II ロケット：4
MHR RPS40レーダー最大標的探知可能距離：10k

EAGLS：Electronic Advanced Ground Launcher Syste
APKWS II：Advanced Precision Kill Weapon System
CROWS II：Common Remotely Operated Weapon Station

大統領奪還指令 1

同盟国撤退

大石英司

Eiji Oishi

C★NOVELS

口絵・挿画　安田忠幸
地図　平面惑星

目次

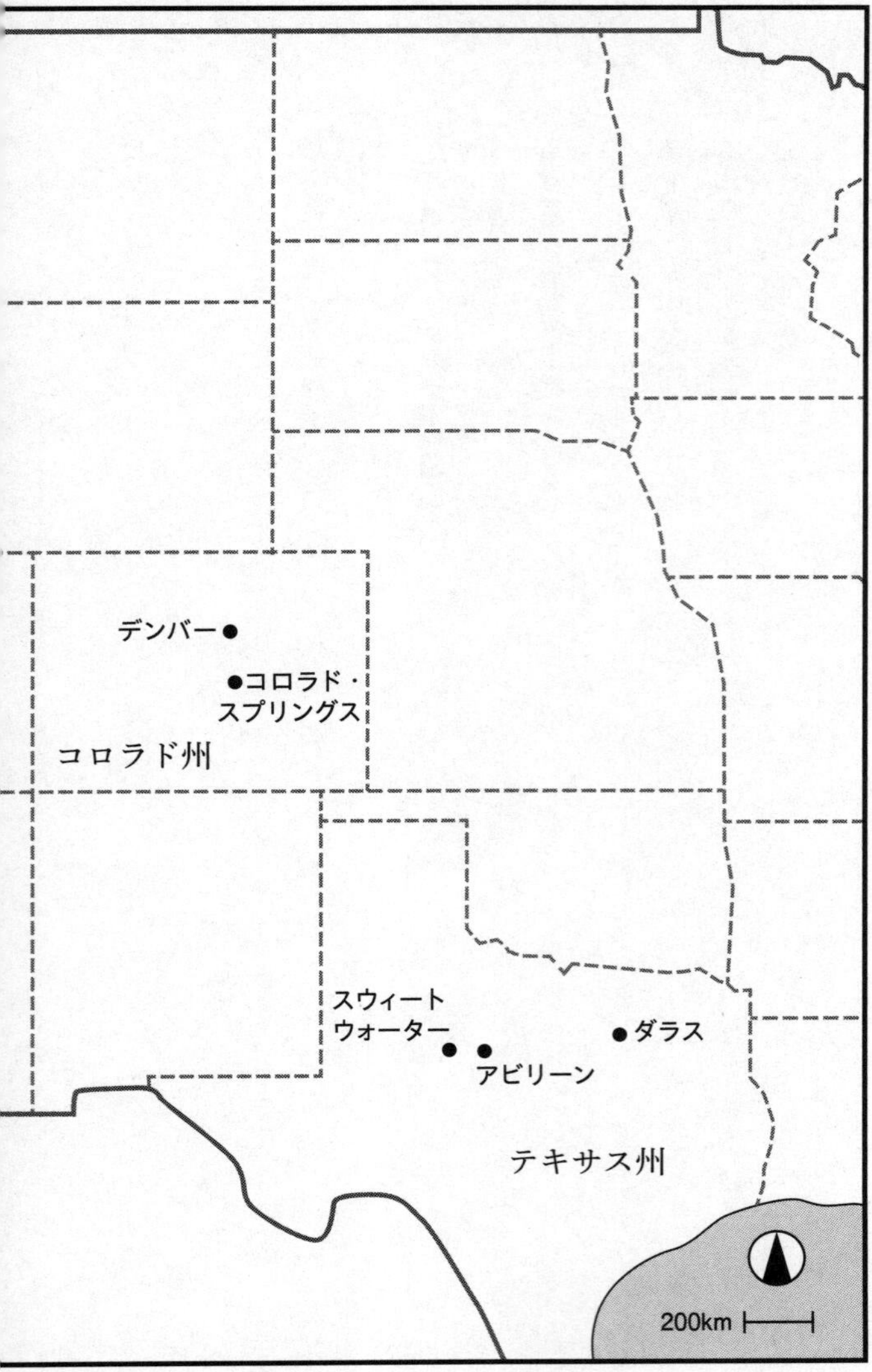
デンバー
コロラド・
スプリングス
コロラド州
スウィート
ウォーター
アビリーン
ダラス
テキサス州
200km

ワシントン州
シアトル
スポケーン
クインシー
レーニア山
ヤキマ
ポートランド
オレゴン州
ネバダ州
カリフォルニア州
ロスアンゼルス
アメリカ合衆国

シアトル・タコマ国際空港周辺

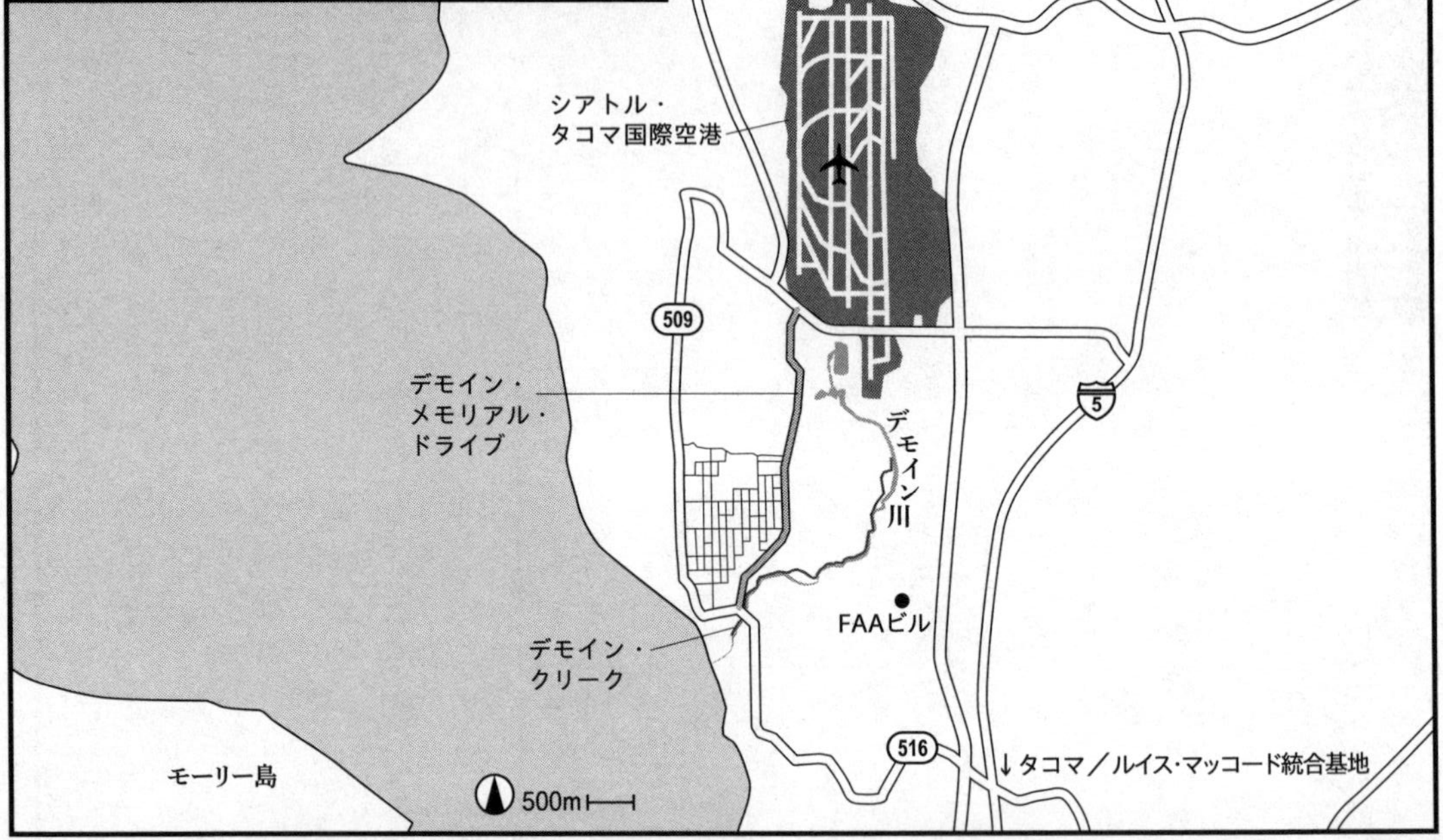

登場人物紹介

【日本】

●陸上自衛隊

《特殊部隊サイレント・コア》

土門《どもん》康平《こうへい》　陸将補。北米派遣統合司令官。コードネーム：デナリ。

〈原田小隊〉

原田《はらだ》拓海《たくみ》　三佐。海自生徒隊卒、空自救難隊出身。コードネーム：ハンター。

待田《まちだ》晴郎《はるお》　一曹。地図読みのプロ。コードネーム：ガル。

田口《たぐち》芯太《しんた》　二曹。原田小隊の狙撃手。コードネーム：リザード。

比嘉《ひが》博実《ひろみ》　三曹。田口と組むスポッター。コードネーム：ヤンバル。

〈姜小隊〉

姜《かん》彩夏《あやか》　二佐。元韓国陸軍参謀本部作戦二課所属。コードネーム：ブラックバーン。

福留《ふくとめ》弾《だん》　一曹。分隊長。コードネーム：チェスト。

井伊《いい》翔《かける》　一曹。姜小隊のＩＴエンジニア。コードネーム：リベット。

水野《みずの》智雄《ともお》　一曹。分隊長。コードネーム：フィッシュ。

御堂《みどう》走馬《そうま》　二曹。元マラソン・ランナー。コードネーム：シューズ。

川西《かわにし》雅文《まさふみ》　三曹。元Ｊリーガー。コードネーム：キック。

由良《ゆら》慎司《しんじ》　三曹。西部方面普通科連隊から引き抜かれた狙撃兵。コードネーム：ニードル。

《水陸機動団》

司馬《しば》光《ひかる》　一佐。アダック島派遣部隊司令官。水機団格闘技教官。

〈第３水陸機動連隊〉

後藤《ごとう》正典《まさのり》　一佐。連隊長。

権田《ごんだ》洋二《ようじ》　二佐。副隊長。

鮫島《さめじま》拓郎《たくろう》　二佐。第１中隊長。

榊《さかき》真之介《しんのすけ》　一尉。第１中隊・第２小隊長。

工藤《くどう》真造《しんぞう》　曹長。小隊ナンバー２。

居村《いむら》真之輔《しんのすけ》　陸将。防衛装備庁・長官官房装備官。

●航空自衛隊

・第308飛行隊（F-35B戦闘機）

阿木辰雄《あぎたつお》　二佐。飛行隊長。TACネーム：バットマン。

宮瀬茜《みやせあかね》　一尉。部隊紅一点のパイロット。TACネーム：コブラ。

●統合幕僚監部

三村香苗《みむらかなえ》　一佐。統幕運用部付き。空自E-2C乗り。北米邦人救難指揮所の指揮を執る。

倉田良樹《くらたよしき》　二佐。統幕運用部。海自出身。P-1乗り。

●在シアトル日本総領事館

一条実弥《いちじょうさねみ》　総領事。

土門恵理子《どもんえりこ》　二等書記官。土門の娘。

●ロスアンゼルス総領事館

藤原兼人《ふじわらかねと》　一等書記官。

【アメリカ】

●エネルギー省

M・A（ミライ・アヤセ）　通称・魔術師《ソーサラー》〝ヴァイオレット〟。Qクリアランスの持ち主。

レベッカ・カーソン　海軍少佐。M・Aの秘書。FA-18戦闘機乗り。

●陸軍

〈第160特殊作戦航空連隊〉〝ナイト・ストーカーズ〟

メイソン・バーデン　陸軍中佐。シェミア分遣隊隊長。

ゲーリー・アトキンス　中佐。第4大隊デルタ中隊。

ベラ・ウエスト　中尉。副操縦士。新大統領令嬢。

〈第189歩兵旅団第358連隊〉

サム・クルーソー　陸軍大佐。連隊長。

・第2大隊（機甲）

ソフィア・R・オキーフ　陸軍少佐。作戦参謀。

ロバート・サハロフ　少佐。随伴歩兵訓練教官。

ロイド・アルバート　先任曹長。機甲科訓練教官。

メグミ・モリアーティ　陸軍特技兵。パイロットＴＡＣネーム：〝変異体《バリアント》〟。
・ミルバーン隊
アイザック・ミルバーン　元陸軍中佐。警備会社の顧問。かつてデルタ・フォースの一個中隊を率いていた。

●海軍
・ネイビー・シールズ・チーム７
イーライ・ハント　海軍中尉。
マシュー・ライス　上等兵曹（軍曹）。狙撃手。

●空軍
テリー・バスケス　空軍中佐。終末の日の指揮機《ドゥームズデイ・プレーン》〝イカロス〟指揮官。
スペンサー・キム　中佐。ＮＳＡきってのスーパー・ハッカー。

●ワシントン州陸軍州兵
カルロス・コスポーザ　陸軍予備役少佐。

●ＦＢＩ
ニック・ジャレット　捜査官。行動分析課のベテラン・プロファイラー。
ルーシー・チャン　捜査官。行動分析課の新米プロファイラー。
ロン・ノックス　捜査官。ＬＡ支局・サルベージ班。

●アルコール・タバコ・火器及び爆発物取締局（ＡＴＦ）
ナンシー・パラトク　捜査官。イヌイット族。

●郡警察（テキサス州ノーラン郡）
ヘンリー・アライ　巡査部長。陸軍に二期在籍したマークスマン。
ペドロ・ガルシア　副署長。
オリバー・ハッカネン　検死医。

●ロス市警
カミーラ・オリバレス　巡査長。

●レジスタンス
ルーカス・ブランク　法学部政治哲学教授。公民権運動の闘士。

リリー・ジャクソン　元陸軍大尉。双発の小型プロペラ機パイパー・セミノール乗り。

●クインシーの若者たち

タッカー・トリーノ　ドローン・クラブ〝チェイサー〟の部長。

ベッキー・スワンソン　タッカーの幼なじみで、〝チェイサー〟のメンバー。

●〝ナインティ・ナイン〟＝〝セル〟

フレッド・マイヤーズ　教授。通称〝ミスター・バトラー〟。

トーマス・マッケンジー　大佐。通称〝剣闘士《グラディエーター》〟トム。

アラン・ソンダイク　少佐。

●その他

西山穣一《にしやまじょういち》　ジョーイ・西山。スウィートウォーターでスシ・レストランを経営。

ソユン・キム　穣一の妻。

千代丸《ちよまる》　穣一とソユンの息子。

田代哲也《たしろてつや》　西山の会社員時代の後輩。

モーリス・テイラー　消防署署長。

ディラン・ウエスト　アメリカ大統領。元・上院軍事委員会の重鎮議員。

ヒロフミ・アヤセ　合衆国陸軍退役中将。ミライ・アヤセの父。

フランツ・ミュラー　アスペン市長。

【カナダ】

●カナダ国防軍・統合作戦司令部《CJOC》

アイコ・ルグラン　陸軍少佐。日本人の母を持ち、陸自の指揮幕僚過程《CGS》修了。

【イギリス】

●王立海兵隊

・第42コマンドー

フィリップ・ハークネス　海兵隊中佐。大隊長。

ジェイソン・リックマン　少佐。K中隊長。

ダン・エヴァンス　一等准尉（兵曹長）。K中隊先任曹長。

大統領奪還指令1　同盟国撤退

プロローグ

一六二〇年九月一六日、イギリス南西部のデヴォンシャー、今はデヴォン州と呼ばれるコーンウォール半島のプリマスから出航したメイフラワー号は、偶然にも、ニュー・プリマスと名付けられた土地に辿り着き、清教徒らはここにニューイングランド最初の植民地を開拓した。

現代のデヴォン州は、二つの国立公園と世界遺産も有する風光明媚な土地柄で、保養地、観光地として賑わっている。

そしてプリマス海軍基地の所在地であり、王立海兵隊のフォー・ツー・コマンドこと第42コマンドー（大隊相当）が駐屯している。

そのK中隊《キロ》は、本来は一二〇名の兵士を擁するはずだったが、兵員不足で今は一〇〇名に欠ける兵士しかいなかった。

彼らは、それが起こった時、たまたま米本土で訓練中だった。ノースカロライナ州、フォート・リバティ、五万名もの軍人が働く世界最大の軍事基地のフォート・ブラッグ基地で、米陸軍と合同訓練中だった。

ほんの数日、いや数時間でアメリカ全土の治安が崩壊した直後、彼らは、米空軍の輸送機に乗り込み、首都ワシントンDCに派遣された。

当初は、首都警察や、展開する米軍のサポートをする程度のつもりだった。だが、行政府が集まるワシントンDCの街は、やがて催涙ガスが満ち、誰も身動きが取れなくなった。それでも群衆は徐々に膨れ上がり、ホワイトハウスを包囲し始めた。

　政府高官や議会関係者がアンドリュース空軍基地から次々と首都を脱出する間に、議会議事堂は炎上し、大統領はホワイトハウスの地下軍事司令部に立て籠もった。立て籠もった……、と聞かされていた。

　フォー・ツー・コマンドは、その大隊兵力で、ホワイトハウスを守っていた。そこに米海兵隊の姿はなく、ホワイトハウスを守っているのは、事実上英海兵隊だった。

　彼らはそこに、すでに十日以上留まっていた。最初は、そんなに悪くないと思った。催涙ガスの残留物は漂っていたが、ホワイトハウスの自家発電装置によって、館内は灯りがあったし、トイレはもちろん豪華で綺麗だ。ホワイトハウスの職員から、歴史ある部屋や、そこに飾られた由緒ある調度品の解説を聞きながら、館内に蓄えられた非常食にありつくこともできた。

　だが状況は徐々に悪化した。ひとまず暴徒の襲撃を撃退し、しばらくは沈静化した。まるでゾンビの群れのようだったが、こちらの火力には敵わないとわかってから、彼らのフロントラインもだいぶ後退した。三日目には、長引きそうだということになり、館内の電気が次々と落とされた。水は貯水タンクにあったが、水道もあちこち止められた。トイレの水洗も使用に制限が掛かった。

　五日目には、本国イギリスからの補給ルートが確立され、食料と武器弾薬だけは、空からヘリで運ばれるようになった。

　それらを搭載したCH‐47F大型ヘリは、K中隊を率いるジェイソン・リックマン海兵隊少佐が守るサウス・ローンの庭へ離着陸する。普段、大統領がマリーン・ワンのコールサインを持つ海兵隊ヘリで離着陸するお馴染みの場所だ。

国賓の歓迎式典にも使われるサウス・ローンは、年間三六五日、緑の芝生が眩しい。だが今、そこには、あちこち焼け焦げた跡があった。

ホワイトハウスの白い建物にも、無残な弾痕や、簡易爆弾を積んだドローンが突っ込んだ痕があった。

新兵が、これじゃ、ホワイトハウスではなく、まだら模様のダルメシアン・ハウスだと冗談を言ったほど、戦いの痕が醜く残っていた。

センターポールには、星条旗が半旗として掲げられていた。それは、この十日間、混乱の犠牲となった国民を悼んでの半旗だった。二日前の夜、ついに暴徒のドローンがクリティカルヒットして旗に火が点《つ》いた。難燃素材のお陰で旗が燃え落ちるようなことはなかったが、星条旗は、真っ黒焦げとなり、無残な姿を晒している。それを掲げていたロープ部分が溶けてポールに絡みついたせいで、回収もできなかった。

ヘリからコマンドを降ろして空中から回収するというアイディアを米側が提案したが、この状況下で優先すべきことではない、と英側は却下した。自分のケツくらい自分で拭けという意思表示だった。

部隊は、すでに犠牲も払っていた。到着した初日に、まず二名が戦死した。翌日には、米側の不快感表明を無視して、芝生の上に土嚢を積んで防御陣地を造った。

アメリカは銃社会だとはいえ、暴徒の装備は、度が過ぎていた。軍用ライフルはもとより、ショットガンに重機関銃まで当たり前に出てくる。

時々、明らかに狙撃手が出てくるので、こちらも狙撃兵を周辺ビルの屋上に上がらせていた。

しかし、昨日からの敵は少し違っていた。戦術的な編成によるドローンが編隊攻撃を仕掛けてくる。複数の種類のドローンが編隊を組んで突っ込んでくる。その操縦は、素人ではなく、明らかに訓練を受けたプロのものだった。

翼に赤い星のマークが付いたデルタ翼機に殺《や》られて、つい一時間前、三名の兵士が戦死した。もう一人は瀕死の重傷だ。

その重傷兵と、遺体を回収するためのCH‐47ヘリが中庭に着陸して飛び立っていく。

K中隊を指揮するリックマン少佐は、〝キャッスルロック砦〟と名付けられた左手側の陣地から、その様子を見守っていた。

ドローンの接近に備えて、上空を味方のドローンともう一機のCHが飛んでいる。

三名が戦死したのは、つい右隣に築かれた〝デリー砦〟だった。呆れるほど見事なストライクだった。

対ドローン防御に当たる兵士らが、直前に突っ込んできたクアッド型ドローンの撃墜に気を取られている隙に、遥か上空から急角度で陣地に突っ込んできて、恐らく迫撃弾程度の爆薬が爆発した。重傷とはいえ、生存者がいたことが不思議なくらいの爆発で、積み上げていた陣地の土嚢が一気に吹き飛ばされたほどだった。

ヘリが去って静かになると、命令の怒号が飛び交う。背後で指笛が鳴らされ、第42コマンドーを率いる大隊長のフィリップ・ハークネス海兵隊中佐が、サウス・ポルチコの柱の陰から、手招きしていた。

リックマン少佐は、腰を屈《かが》めてそこまで走った。狙撃で殺られた兵士はまだいなかったが、撃たれることは珍しくなかった。何しろ、ここは見晴らしが良すぎるのだ。

「助かりそうか？」

「何とも。意識はあるし、軍医は最善を尽くすと言ってくれましたが……」

リックマン少佐は、柱の陰に隠れながら言った。多くの各国指導者が出入りしただろうドアにもう窓ガラスはない。ある程度は掃除したが、地面には、まだガラスの破片が散らばっていた。ここは防弾ガラスではなかったようだ。

「NATO各国で協議が続いているらしい。まずドイツが抜けるそうだ」

「そもそも、展開しているドイツ軍の兵員数は知れていますよね。われわれのように危険な場所にいるわけでもない。兵站支援は続けてくれるのですか？」

「どこかで受け取ってくれる国があるなら、カナダなり安全な場所まで運ぶことは考えようと言うことだ。詳しくは聞いてないが」

「では、支援物資を積んだルフトハンザ機が、ニューヨーク郊外の空港に着陸してくることはもうなくなるのですか？」

「その空港の安全を、ここに残った同盟国軍が、保障できるかどうかだろうな。ドイツとしても、真っ先に支援の輪から抜けたという汚名は後々困るだろう」

突然、ホイッスルが鳴り響いた。短信が三回、ドローン警報だ。外を見ると、防御陣地の外に出た兵士らが、空を見上げてアサルト・ライフルを構えていた。

「彼ら、なんで照準器を外したんだ？」

「いえ、許可はしていません。ただ、あれも完璧ではないので」

「冗談はよせ！　完璧ではないにせよ、兵隊が勘で無駄弾を撃ちまくるよりは遥かにましだから導入されたんだぞ」

「西海岸はどうなのですか？」

　その話題は突っ込まれたくないので、少佐は話題を変えた。

「自衛隊は、米陸軍の正規軍部隊と派手にやり合ったという噂だぞ。M－1戦車を次々とドローンで撃破したらしい」

「自衛隊がですか？　展開しているのは、確か日本版海兵隊ですよね。彼ら、今から半世紀待っても、部隊にサプレッサーは来ないだろうと嘆くほどに貧しい軍隊なのに、そんな高性能高威力なドローンは持っていないでしょう。それより、こっちはどうなのですか？　オージーのスリンガーとか、70ミリ・ロケットをレーザー誘導するイーグルスとかありますよね？　対ドローンのもっと高性能な防御兵器が必要です。だいたい、すでに一〇名を超える兵士が戦死や負傷で離脱している。ただでさえ数が足りていないのに、戦闘継続はそろそろ不可能です。この作戦は、せいぜい一週間で米軍が治安維持機能を回復する前提で始まったことなのに」

　ハークネス中佐は、軽くため息を漏らした。

「……最近はさ、ため息をついた程度のことで、パワハラだ何だと苦情部門に訴えられるが。ここだけの話だ。大統領は、もうここにはいない。地下道から脱出したらしい。ホワイトハウスはもぬけの殻だ」

「ここの地下に踏み留まっているはずの民主党大統領が辞任したことは既知の情報ですが、では共和党の新大統領はどこで指揮を執っているのですか？　交替して地下に立て籠もっていると思っていました」

「たぶん、ペンタゴンかどこかだろう。いずれにせよ、ここはもう、アメリカ政治の象徴でしかない。あるいはただの観光地。正直なところ、われわれがこれ以上の犠牲を払って守る価値があるとは思えない。海兵隊司令部には、そう報告はしているよ。ただ、ここから撤退するとなると、それはそれで、兄弟国イギリスが、いよいよアメリカを見捨てるというシグナルになる。そうなれば、西海岸で戦っているカナダ国防軍や日本、韓国も浮き足立つだろう。ここは、そういう政治的な象徴の場になっている」

「せめて、部隊を交替させるべきではありませんか？」

「それも進言してある。こんなに長い期間、ここに留まるとは思わなかったしな。いくら何でも、まだ本国で準備中ということはないだろう。たぶん、マンハッタン島の治安回復作戦に備えている部隊がいると思うが、この状況で、しばらくお預けになる。その部隊をこっちに回す余力はあるはずだ」

「そちらの作戦は中止になるのですか？　マンハッタン島には、多くのイギリス人同胞もまだ閉じ込められていて脱出できないのに……」

「君の、初恋の相手だっけ？」

「いいえ――」

と少佐は苦笑いした。

「暮らしていたダウンタウンで、同じ学校を出たというだけです。自分はこうして軍隊で名誉ある仕事をしています。彼女は、証券会社に勤めて今はビリオネア。今もパブで飲む田舎の悪友からのメールでは、インスタグラムに彼女が上げた最後の写真は、セントラルパークをバックに、ぴちぴちのタイツを着て高層ビルでヨガのポーズを決める写真だったそうですが。そいつは、ザマァみろ！　今頃マンハッタンで泥水をすすっているだろう、と喜んでましたよ」

「そういうお金持ちは、真っ先に脱出しただろう」

「それが、外務省が回してきた在米同胞者の行方不明リストに、彼女とその家族の名前が載っているんです。もし無事に脱出していたら、SNSでその恐怖体験を宣伝しまくるだろうから、リストに名前が載るはずはない。まだ島の中だろうと思います」

「彼女から見たら、われわれはただの負け犬なわけだが……」

「任務ですから。救う相手が金持ちだろうと年寄りだろうと関係ない。そう自分に言い聞かせていますよ」

中隊先任曹長のダン・エヴァンス一等准尉（兵曹長）がデリー砦を出て走ってきた。

「チーフ、対ドローン用のショットガンを担いだ兵士がSMASHを外したようだが……」

とハークネス中佐が早速窘《たしな》めた。

「はあ……。それが、いざという時に、引き金を引けないことで、ストレスが溜まるようでして」

対ドローン用にイスラエルのメーカーが開発したSMASHと呼ばれるAI照準器は、日本を除く先進国の軍隊で採用が進んでいた。照準器に組み込まれたAIが、ドローンの飛行コースを計算し、銃口の向きが外れていると判定したら、銃の引き金は引けないようになっている。

「それは変だろう。当たらないとAIが判定するから、引き金を引けないのだ。あれは兵士に無駄弾を撃たせるためのシステムではないぞ。何のために訓練したのかわからないではないか……」

「はい。あとで言って聞かせます。デリー砦の修復は間もなく完了します。それで、突っ込んできたドローンですが、狙撃兵チームの警戒用カメラが一瞬捕捉しておりました」

　兵曹長は、ポーチに突っ込んだタブレットを出して、その映像を二人に再生してみせた。

「あまり鮮明ではないが、やはり、イラン製のシャヘドではないのか？」

「似てはいますが。AIのデータベースに判断させたところ、ロシア製の徘徊型ドローン、KUB-BLA《キューブ》だそうです」

「ウクライナでも使われたのか？」

「恐らく半導体入手の問題から、ウクライナ戦争には間に合わなかったようですね」

「クアッド型ドローンは、いつもの中国製だろう？　中露の合同軍部隊でも展開しているのか？　攻撃パターンは明らかに軍事作戦レベルだ。ここDCを支配している暴徒らは統制が取れていない。統制された部隊なら、内部にロシア人集団を匿《かくま》うことくらいするだろうが、暴徒なら、ロシア人や中国人だって構わず撃つだろう」

「全米が停電する原因になった山火事は、ロシアの民間軍事会社の工作だとわかっている。その連中が、次の作戦に出てきたのかもしれません。シアトルでは、大っぴらに自衛隊と戦っていたようですし。チーフの見解は？」

　とリックマン少佐が尋ねた。

「中露は、ドローンを提供したかもしれませんが、パイロットまで派遣したかどうか……。米軍だって、最近はその手のドローン・パイロットの養成を熱心にやっています。自分はその可能性の方が高いと見ます。ドローンに、わざわざ赤い星のマークが描かれているのは、それを偽装するためでしょう。それと中佐、一応、ご報告しておきますが、スターリンクの使用制限に関して、兵たちから不満の声が上がっています」

「わかっている。部隊の兵の誰一人として、その使用のルールを破っていないことは承知している。この綺麗なホワイトハウスの写真を撮ってSNSに上げるようなバカが未だにいないことに感心しているが、まずは戦死者のご遺族に訃報を知らせてからだ。後で情報漏れに気付いて、上からやいのやいの言われるよりは、今、使わせずに安心した方がましだ。われわれは鍛えられた兵士だ。たかだか二、三日ネットが使えない程度で……。もしニュースが知りたいのであれば、誰か士官にダウンロードさせて、ローカル保存して閲覧させてくれ」

「了解であります。どんなニュースでも、ないよりはましですから」

兵曹長が去っていくと、「まるでアフリカだな……」と中佐は嘆いた。

「ここはもう、政府が逃げ出して治安崩壊したアフリカの途上国と同じだ。挙げ句に、当事者のアメリカ軍が敵に回るとあっては、われわれがここにい続ける理由はない。英国政府が、NATOの流れに従ってくれることを祈るよ。いくら兄弟国でも、米軍の正規軍部隊とは戦えないからな」

「同感です。これ以上の犠牲が出る前に撤退しなければ、われわれの指揮ミスを問われます。あの時点で撤退の判断ができたはずだと」

遠くからドラムの音が聞こえてくる。まるで何かの音楽フェスを行っているような感じだが、そうではなく、われわれを脅しているのだ。ここが包囲されていることをアピールするためのものだった。

幸い、視界内に死体はない。全て片付けさせた。だが、一歩、政府施設の角を曲がると、そこいら中、死体だらけだった。明らかに警官や兵士だとわかる遺体は極力回収に努めていたが、それ以外の、暴徒か、たまたま逃げ遅れただけの政府職員の遺体は放置されたままだ。今はそれを時々カラスが集って啄《ついば》んでいる。

奴らは、露出した柔らかいところから喰らう。つまり、目玉から喰う。運良く治安が回復したとして、あの遺体を誰が回収するのだろうか、とリックマン少佐は思った。せめて、そういうことは、自国軍部隊でやってほしいものだが……。


アメリカは、分裂し、破滅しようとしていた。大統領選の結果を巡る各州大陪審の結果に端を発した全土での暴動は、中露が暗躍した大停電が火に油を注ぎ、あっという間に全米規模の暴動と破壊へと進行した。

民主党大統領は、事態の責任を取って辞職、副大統領が就任を固辞したため、大統領継承順位に則り、議会から共和党指導者が新大統領として指名されていた。


その分断は、軍内部にも及び、国防総省は、よほどの例外を除いて全部隊の営内待機を命じていた。代わって、東西から派遣された同盟国軍部隊が、治安回復と医療食料などの支援に当たっていたが、何しろアメリカはあまりにも広く、国民の武装度も群を抜いていた。

まるで軍隊レベルの装備に、各国軍部隊は手を焼いていた。その暴動、革命運動とやらの先頭に立つ指導者らを追い詰めてはいたが、ついに北西部の重要拠点シアトルで、米陸軍部隊が反政府側に立って決起した。

シアトルを守っていた自衛隊は、やむなくこれと交戦、撃退していたが、状況は悪化するばかりだった。運悪く北米は、記録破りの猛暑に見舞われ、停電下でのサバイバル生活を強いられる人々は、飢えと渇き、そして熱波との戦いにも直面していた。

ニューヨーク州マンハッタンのように、治安当局が完全に撤退し、まるでハリウッド映画のようなディストピア社会へと変わった街もあった。

そこに文明はなく、弱肉強食の暴力と略奪に支配されていた。アメリカ軍の反乱軍支持という新たな状況に、同盟軍部隊は動揺し、支援の手を引こうとする国々も出てきていた。

第一章　カナダ軍撤退

アメリカ北西部、ワシントン州シアトルの空の玄関口、シアトル・タコマ国際空港は大混乱の最中にあった。

ここは、陸上自衛隊を筆頭に、シアトルの治安回復任務に当たる日本、カナダ合同軍、及び地元当局の指揮所が置かれ、また太平洋を渡ってくる民航機のデポ拠点にもなっていた。自衛隊は、ここから北のダウンタウンへと攻勢に出て、〝ナインティ・ナイン〟、もしくは〝セル〟を名乗る暴徒たちを追い詰めていた。最低でも二万を超える彼らは、一時シアトルから東へ、シカゴを目指したが、自衛隊によって阻止され、ここまで押し戻されたのだった。

一時はこの空港も彼らによって占領される寸前まで行ったが、カナダ国防軍の善戦と、航空自衛隊輸送機から放たれた巡航ミサイルによって撃退された。

空港から北へ一五キロ、各国領事館や行政府が集まるダウンタウンまで、合同軍はじりじりと北上を続け、シアトルの解放作戦はあと一歩まで到達していたところに、シアトルの南にある、太平洋岸最大の軍事基地、ルイス・マッコード統合基地で、正規軍部隊の反乱が起こった。

最初は、ほんの一部の、義憤に駆られた将校による小規模な反乱だったが、その規模は徐々に大きくなり、全軍へ向けて決起を促す声明が出るほど大規模なものになった。

処理しなければならない問題が山積していた。

他の地域の米軍部隊の状況がわからない。それどころか、反乱の爆心地となったフォート・ルイス陸軍基地の状況すらわからないのだ。後続の決起部隊が基地から出たのか、基地単位での大きな反乱なのかすらわからない。

自衛隊は、その基地の内外で夜通し戦い続けたが、陽が昇った後も、状況はまるでわからなかった。

その〝戦場の霧〟を悪化させたものに、彼らが〝ラプラシアン〟と名付けた生成ＡＩがあった。

全米はほぼ停電している。にもかかわらず、どこかで大電力を消費するＡＩが動いており、それは陸自部隊が運用している偵察ドローンのスキャン・イーグルの〝眼〟を乗っ取り、彼らに生成ＡＩが作った偽の監視映像を送って欺き続けた。

その〝ラプラシアン〟が、味方でないことははっきりとしていた。米政府側航空機に対して、正体不明の戦闘機、もしくはドローンを使い、数度の攻撃を仕掛けていた。

その事実に自衛隊側が気付いた時には、もうかなりの部隊が、空港脇をすり抜けてダウンタウンへと進軍していた。

自衛隊は、今も眼を奪われたままで、上空からの監視映像が得られない不利な状況が続いていた。

陸海空三自衛隊を指揮するのは、〝北米派遣統合部隊〟司令官の肩書きを与えられた土門康平《どもんこうへい》陸将補。元は、特殊作戦群第一空挺団第四〇三本部管理中隊、その実、特殊部隊〝サイレント・コア〟を率いる。

彼らは、南北に長いシアトル空港ビルのサウ

S1
S1

ス・サテライト、アライバル・デッキに合同指揮所を設けていた。自衛隊だけで常時五〇名、カナダ国防軍、地元当局を交えると、二〇〇名近い軍人や法執行機関の面子《メンツ》が陣取っている。

空港やその周辺からかき集められたテーブルや椅子、モニターが並ぶ空間から少し離れた壁際に、休憩スペース兼、会議室ができていた。

ホワイトボードが三面並んでいた。

外務省シアトル総領事館勤務の土門の一人娘、土門恵理子《えりこ》二等書記官が、処理すべき案件のテーマをホワイトボードに書き出していた。

そこには、シアトル総領事の一条実弥《いちじょうさねみ》と、ロスアンゼルス総領事館から応援に派遣された藤原《ふじわら》兼人《かねと》一等書記官もいた。

ルイス基地から出撃した反乱軍部隊に応戦していたナンバーワンこと副隊長の姜彩夏《かんあやか》二佐がカートに乗って戻ってくる。指揮所の所在を秘匿するために、要員の出入りは、すべてノース・サテライトに限定されていた。

ヘリは空港北側のエプロンに離着陸し、車両も北側へと寄せる。それで、上空から覗くドローンの類いはある程度誤魔化せる。

「原田《はらだ》三佐から、榊《さかき》小隊、一名戦死の報告がありました。出血が酷く、救命間に合わずとのことでした」

「残念だ、連隊長――」

と土門は、第3水陸機動連隊の後藤正典《ごとうまさのり》一佐を見遣った。シアトルに近いヤキマ演習場で部隊立ち上げの訓練中にこの騒動に巻き込まれた。陸自部隊の中核で、すでに戦死者も出していた。

「しかし、彼らは、米陸軍と撃ち合ったわけではありません。ロシアの傭兵相手での犠牲です。それが、せめてもの救いです。仇は取ります！」

と後藤は固い表情で応じた。

「原田小隊はどこにいるんだ？」

「ひとまず、榊小隊とともに、マッコード空軍基地内に避難しました。あそこは、空自海自部隊も使用しており、まず彼らの安全確保の必要もありますし、空軍基地自体は、この反乱計画とは距離を取る姿勢を明確にしており、われわれ陸自部隊の駐留は歓迎するとのことです」

「そうは言っても、ずっとあそこに引き籠もっているわけにはいかないし、陸軍部隊が本気になれば、隣接エリアの掃討なんてあっという間だぞ」

「そうですね。ＬＡの韓国軍部隊はどうするのか聞いてますか？」

と姜は総領事に質した。

「それは、私から」

と藤原一等書記官が口を開いた。

「先ほど、韓国ロスアンゼルス総領事館のカウンターパートと衛星携帯で話しました。向こうの治安回復は着々と進み、隣接都市まで救援の手が伸びつつある。治安回復に当たっているのは、地元の法執行機関が中心なので、軍の動揺はまだ伝わっていない。州当局からも、軍の跳ね返りはこちらで抑えるから、このまま踏み留まってほしいと。ただし念のため、本国から、対戦車ミサイルなどの重火器類も空輸させるそうです」

「了解した。そう言えば、こちらも本国から空輸させた対戦車ミサイルや、攻撃用ドローンも届いている。それで、しばらくは凌《しの》げなくもないが……。フォート・ルイスの状況はわからないのだな？」

と土門は再度姜二佐に質した。

「何しろ、基地司令官が重傷で戦線離脱しましたから。ただ現状では、教導部隊が決起を表明した程度ではと」

「その教導部隊、日本で言えば、富士教導団みたいな連中だぞ。武器は新しく、練度も高い。あの連隊と水機団が戦っても勝ち目はない。何しろ、向こうには戦車もあるんだからな」

「だいぶ潰しました」

「幸か不幸か、われわれ自身が攻撃したわけではない。アメリカ人の少年チームが操縦するドローンによる攻撃で、そのドローンはもっぱらパワーパックに命中し、戦車の搭乗員の大部分も無事に脱出できたわけだが、仮に勝てる可能性があったとしても、望ましい話ではない」

「ワシントン州政府、シアトル市当局の関係者と話しました。市長ご自身が電話口に出て、引き続き自衛隊の協力を要請された」

藤原の隣、上座に座る一条が口を開いた。

「とりわけ、このシアトル空港の維持は至上命題です。ここを失ったら、シアトルの補給はもとより、そこから更に南のLAへと飛ぶ便も大きな影響を受ける。緊急着陸や、ボーイングの整備拠点を失うことになります。市長は、皆さんがここに立て籠もってくれるとなれば、ラジオで市民に呼びかけ、人間の盾を用意するとも言ってました」

「仰ることはわかりますが、反乱軍部隊は、最新鋭の防空ユニットも奪って決起した。離着陸する民航機は、どこからでも狙われます。一機でも撃墜されたら、全てはご破算になる」

「あまり気乗りしませんが、こういう選択も可能です」

と藤原が切り出した。

「決起部隊と交渉してここを明け渡し、空港警備を、決起した米軍に委ね、引き続き支援物資の受け入れ拠点として利用する。皆さんは、たとえばマッコード空軍基地まで後退する。そうすれば、決起部隊との間に、それなりの空間というか、バッファーゾーンも確保できて、戦わずに済みます」

「冗談じゃない！――」

　と後藤が声を荒げた。土門が「冷静に……」と制した。

「策としてはありだと思うが、われわれはクインシーでバトラー率いるセルと戦い、三名もの戦死者を出した。この空港の守備に関してもそうです」

「はい。苦渋の選択になるだろうことは理解しますが、仮に撤退ということになれば、ただここを放棄して、空港自体使えなくなるよりは、まだしも敵と交渉した方がましです」

「それは、市や州当局も了解の話ですか？」

「市長の賛成は得られていますが、州当局は絶対駄目だと。何しろ、バトラーは好き放題暴れていますから。市としては、それでも軍隊という組織行動ができる連中に委ねた方がましだが、州当局としては、それは悪魔の取引だと」

「そもそも、この決起はまだ拡がる余地があるのですか？　仮に米政府が機能しているとして、共和党指導者の大統領が誕生して、民主共和の対決の勝負は着いた」

「さすがに反乱軍部隊の鎮圧が自衛隊に依頼されることはないと考えますが、政府として機能しているかどうか……。もちろん軍としては、国防総省は一貫して、上級司令部の命令に従え、指揮下からの離脱は軍法会議に掛けるという命令を繰返しているそうですが。ウエスト新大統領としても、計算外だったことでしょう。自分が大統領に就任すれば、ことは収まり、バトラーも従うと計算したが、彼らは、軍の英雄を議会で執拗に攻撃した彼の過去を許さなかった」

　カナダ国防軍の連絡将校アイコ・ルグラン陸軍少佐が現れ、「遅くなりました……」と一礼した。

テーブルの一歩手前に立ち、「残念ですが……」と詫びた。

「国防軍部隊の本国への撤退命令が出ました。いくら何でも、アメリカ軍が分裂した状況下では、できることには限界があるし、何かができたとしても、今回のようにご破算にされれば、犠牲を払った意味がないと。本国ではここ数日、国境を越えて押し寄せる一千万人超えの避難民の受け入れに悲鳴が上がっていました。何しろ彼ら、武装したまま国境を越えてくるので。政府としても、これ以上は付き合い切れないという意味と、カナダが率先して撤退することで、米政府に事態収拾を迫る目的もあるようです」

「カナダ軍の犠牲は、われわれより大きかったからね。自衛隊としての論評は控えるよ。だが、撤退するにしても、バンクーバーへのルートは塞がっている。どうするね？」

「私たちが来たルートで、ヤキマから北へと抜けます。時間は掛かりますが」

「良かったら、C‐2で送るよ。マッコードから飛ぶなり、ヤキマから飛ぶなりして」

「感謝します。指揮官に提案してみます。それと、もし自衛隊が踏み留まるようなら、自分は連絡将校として、引き続きここに留まる許可をもらいました」

「義理堅いな。だが、その必要はないだろう。われわれも後退するしかないと思う。いったん、マッコードなり、あるいはヤキマまで」

「ちょっと待ってくれ！　陸将補。軍事作戦のことはわからないが、たとえばもう少し敵の出方を見てみるとか？　空港の外に戦車が現れたわけではない」

と一条が慌てて言った。

「そうなったら、もう手遅れです。それに、敵の出方はわかっています。ルイス・マッコードは巨大な基地で、恐らく決起した部隊はまだ一部でしょう。彼らはどちらに付くか決めかねている。彼らの決断を促すためにも、反乱部隊は、一気呵成《いっきかせい》に動きます。前線を押し戻し、ここを占拠する。空港は、ランドマークですからね。そこを占領できれば、大きなアピール・ポイントになる」

「そのマッコード空軍基地は維持できるのですか?」

「まずは、海空の駐留部隊の意見も聞く必要があるでしょうが、彼らも引き揚げるとなれば、われわれがここシアトルに留まる意義もなくなる。ひとまず、アラスカまで後退するということになるでしょう」

「十日間、あんなにぎりぎりの戦いを繰り広げて、あと一歩でダウンタウンを解放できるところまでたどり着いたのに、ここで諦めるのですか? 北へ向かった海上自衛隊の護衛艦隊を呼び戻すとか……」

「彼らは海軍陸戦隊ではありません。総領事、誰より、一番無念なのはわれわれです。では、みんな! ダウンタウンまで前進した法執行機関を守りつつ、ひとまずボーイング・フィールドまで下がろう。彼らは装備も貧弱だ。敵は、われわれの後退にすぐ気付くだろう。もし戦車を仕立てて猛追してくるようなら、反撃する。そのための武器は届いている。連隊長、指揮を執ってくれ。私は、コスポーザ少佐に説明してくるよ。一番悔しい思いをしているのは彼らだろうからね」

土門はその場を離れると、日米加合同指揮所に顔を出し、アメリカ陸軍予備役にしてシアトル消防局放火捜査官のカルロス・コスポーザ少佐を呼んだ。ワシントン州軍の士官でもある。

「済まない。歩きながらの話になるが……」

「やはり撤退ですか？」

「申し訳ないが、犠牲が出る前に下がりたい。ここまで来て残念だが……」

「ええ。出だしが良くなかった。中国軍の兵士が、基地の庭先に降りてきたのに、出撃を禁じられたのですから、不満も溜まるでしょう」

「そうだが、そう命じたのは民主党政権だ」

「将軍は、ウエスト大統領を支持しますか？」

「私は、職業軍人だ。政治家の属性は考えないよ。それを考えても仕方ない」

「政治家はそんなものだとはわかっていても、私もあの男だけは支持できない。軍の支持が必要な時に、なぜ彼なのか疑問に思っているのは、自分らベテラン勢だけではないはずです。軍の支持が欲しければ、少なくともあの時の吊し上げに関して、公式に非を認めて関係者に謝罪すべきだ」

「新大統領がもし彼でなかったら、軍の反乱は起きなかったと思いますか？」

「いや。しかし、今以上の決起は阻止できるでしょう。彼の言葉が、忍耐を強いられる正規軍部隊に対して、説得力を持つとは思えない」

「他の州の部隊に関して、情報はありますか？」

「動揺はしているでしょうが、ここほど激しい戦闘は経験してないでしょう。他州でも決起があるかどうか。しかし、ホワイトハウスを占領して、自分らが推す人物を大統領に担ごうとする連中は出てくるでしょうね」

「私としてはノーコメントだな」

「もし軍が二つに割れて内戦が勃発するとしたら、同盟国はどう動きますか？」

「ゴジラ対キングコングの戦いに巻き込まれるウサギやキツネのようなものだ。押し潰されないよう、遠くで見守るしかないさ。まさに、今のわれわれの立場だ。そこまでの内戦にならないことを祈るよ」

「私は、前線に出て部隊の撤退を見守ります。本当に残念ですが、自ら蒔いた種です」

土門は、TSA（運輸保安庁）エリアに突っ込まれたコンテナ型指揮通信車両〝ベス〟へと歩いて、後ろのラダーを昇ってハッチを開けた。

上ってすぐの場所には、ドローン操縦コンソールがあったが、肝心のスキャン・イーグルは地上に降りているので、無人だった。隣の指揮通信コンソールで、NSA国家安全保障局の天才ハッカー、スペンサー・キム空軍中佐が、キーボードを叩いていた。

隣では、原田小隊のIT担当、ガルこと待田晴《まちだはる》郎《お》一曹がその作業を見守っていた。

「中佐、ご苦労だった。ちょっと良いかな？」

キムがキーボードを叩く手を止めた。

「少年らは？」

「どこかでクールダウン中です。結構クリティカルな場面が何回もあったので。追い掛け回され、走らされ、眼の前に戦車が現れと……」

「彼らのお陰で部隊も助かった。それで、結局、〝ミダス〟は、少年らに、あのドローンを操縦させるために、彼らをここに連れてきたのかね？」

「自分はそう判断しています。どんなアルゴリズムが、そこまで予測させたのかはわかりませんが……。たぶん永遠にそれはわからないでしょう」

「彼らは、反乱軍のターゲットになる可能性があるから、われわれと一緒に後退することになる」

「撤退が最善の判断でしょうね。こんな馬鹿げた戦いで、同盟国軍部隊が危険を冒す必要はない。貴方がたは十分に戦い、不必要な犠牲者も出した」

「それで、中佐が命名した〝ラプラシアン〟だが、スキャン・イーグルが使えないのでは話にならない」

「その件で、今いろいろとやっています。まず、スキャン・イーグルの〝眼〟が乗っ取られていることに気付いた装備庁のイムラ将軍に感謝です。あれは普通気付かない。そこまで巧妙に作り込まれていた。画像のタイムラグが気にならないほどにね」

「あの装備官というのは不思議なポストでね、ガルに言わせると、航空自衛隊などは代々、幕僚長に出世するようなエースを置くらしいのだが、どうもうちは違うらしい。私の部隊の装備にまで関心を持つなんて、君らと同じただのオタク《ギーク》だろうな」

「それで、まずスキャン・イーグルに、NSA門外不出というか、私がプログラムしたファイア・ウォールのツールを仕込みました。少しレスポンスが低下しますが、これで、ラプラシアンの侵入を、そこそこ阻止できるはずです。それと、ある種のロジック・ボムを仕込む準備も進行中です」

「スキャン・イーグルは全機降ろしたんだよね？」

「そういうことになっていますが、実際には飛んでいます。もうここでは無用というか危険なので、全てイチガヤからのコントロールに限定させましたが。つまり、〝ラプラシアン〟は、今も、その映像を加工して、偽の動画をダウンリンクし続けています。われわれが真に受けていると思って……。敵が、われわれに何を見せたくて、何を見せたくないか？　を分析するためにです。こちらも逆に、ミダスを使って、偽の動画を作れるようプログラムを開発中です。敵に見せたいものを見せ、見せたくないものは隠す。例えば、敵に対して、突然、戦車百両を横一列に並べてみせるなんてこともできれば、一個師団の展開を隠すことも可能です。ここぞというタイミングで使えるように」

「期待しているよ」

　土門は、一瞬、目眩《めまい》を覚えてよろめき、壁際の、本来は腰を預けるバーに左手を添えた。

「大丈夫ですか！」と待田が慌てて立ち上がって身体を支えた。膝が折れそうになった。

「たいしたことない。睡眠不足なだけだ」

　待田に支えられて、最前列の指揮官席のソファに腰を下ろした。

「ちょっと、血圧を測らせてもらいますから」

　待田がシート下のクロークから電子血圧計を取り出し、有無を言わさず、横になった土門の血圧を測った。

「昨夜もずっと戦闘続きだった。カフェインの摂取しすぎだと思いますね。あれはプラセボ効果があるだけで、たいして眠気覚ましにはならない。こんな時に何ですが、フォート・ルイスから出たはずの戦車部隊と、われわれが途中で撃破した戦車、ダウンタウンに辿り着いた戦車の数の帳尻が合いません。数にして、一個中隊近くの戦車が行方不明です。フォート・ルイスを出たはずなのに、ダウンタウンに着いていない」

「例のさ……、バトラーじゃなくて、グラディエーター・トムか、彼は歩兵屋だよな。戦車部隊の運用は知らない。でも最初に、フォート・ルイスから戦車四両を奪って大佐の元に駆けつけたオキーフ少佐は、バリバリの戦車屋だろう。何か策を弄しているとみて間違いない。お前が敵だったらどうする？」

「バトラーの部隊は、ここ数日、押されてばかりでした。もう半日もあれば、シアトルを放棄するしかなかった。味方が増えたチャンスは逃せない。一気に攻勢に出てシアトル全域の支配を確立したとアピールしたいはずです。国民に対してはもとより、どっちにつくべきか迷っている軍に対しても」

「お前さん。言外に、ここが狙われていると言ってないか?……」

土門は、ぼんやりとした顔で言った。

「自分なら、停戦交渉なんてやりませんね。殲滅《せんめつ》させて、まだ頑張ろうとあちこちの都市に踏み留まっている同盟国軍部隊への見せしめにします」

「軽MATは……」

「十分な数ではないし、敵には防空ユニットもあります……」

待田は、電子血圧計のモニターを読み、デスクに散乱していたペーパーの端にメモした。

「隊長、原田さんが知ったら思いっきりしかめっ面しそうな数字ですよ」

「加齢に高血圧は付きものだろう? ただの老化現象だ」

「そうは言っても……。薬は飲んでますか?」

「こんなに長引くつもりじゃなかった。そもそも持参していない」

「恵理子ちゃんに言って、最優先で空輸させます。せめて一ヶ月分」

「恵理子には黙っておけ。その代わり、原田への報告は許す。彼がどこかから融通してくるだろう。それでどうすれば良い。眠くて死にそうだぞ……」

「まず、水機連隊のダウンタウンへの出撃はなしです。前線に留まっている部隊には、自力で下がってもらうしかない。敵にとって上手い作戦です。所在不明な部隊がいるというだけで、こちらの行動を縛れる。砲戦に備えて、支援物資を積んで降りてくる民航機は、しばらくよそに降りてもらいましょう。手前のバンクーバーか、あるいはマッコード空軍基地、ヤキマへも。それと、マッコードに避難した原田小隊と榊小隊を呼び戻す必要がありますす。もし一戦おっ始《ぱじ》まったら、敵の背後を突ける」

「マッコード空軍基地の防備はどうすんだ？」

「本来、米空軍の任務ですよ。陸軍相手に、パイロットや整備兵に銃撃戦でもさせておけば良い」

「まあまあ安全なルートを取るとして、ここまで六〇キロはあるぞ。どうやって呼び寄せる。CHに分乗させて、沖合の離島で待機という手もあるが……」

「防空ユニットも随行しているでしょうから、空からの強襲はやめた方が良い。これまでのような、せいぜいフィフティ・キャリバーを持った暴徒相手とは違います。世界最高の武器と練度を持つ部隊相手です――」

「ここで白旗を掲げて静かに後退するのじゃダメか？」

「米軍は、それを受け入れてくれるかもしれない。でもバトラーに心酔する暴徒はどうでしょうね。連中は、アフリカでクーデターを起こした民兵集団と同レベルに過激だと思った方が良い。言葉だの文明だのは通じませんよ。せめて二時間ここで寝て下さい。上の蚕棚ベッドに上がれますか？しばらくは後藤一佐に指揮を執ってもらいましょう。あとはこちらでなんとかします」

「梯子を上がる体力もない。ここで良い。一時間で起こせ……」

　待田が返事をする前に、土門は鼾《いびき》を掻いて眠りに落ちていた。

　待田は、インカムで姜二佐を呼び出し、隊長がぶっ倒れそうになったので、寝かせたこと、所在不明の戦車部隊がおり、この空港は包囲されつつある可能性を指摘し、水機団連隊の出撃は止め、後藤一佐に空港警備の指揮を執ってもらうよう進言した。全て土門の了解済みであると添えて。

出撃準備していた後藤連隊長とコスポーザ少佐は一計を案じ、出撃準備していた車両を空で出すことにした。そうして、空港が手薄になったことをわざと敵に見せつけて出方を見ることにした。

原田は、指揮車両に積んである救命セットの中で、降圧剤が仕舞ってある場所を指示し、目を覚ましたら飲ませてくれ、ただし、四時間は起こすなと命じた。最近は持病持ちの隊員も増えた。糖尿病の薬や血圧の薬は常備してある。原田は、てっきり自分で持参している薬を飲んでいるものと誤解していた様子だった。

姜二佐と後藤一佐、副隊長の権田洋二《ごんだようじ》二佐は、空港施設周辺を手書きした白地図をテーブルに広げて見下ろした。

「もともと、暴徒の襲撃に備えて、それなりの陣地は構築してある。ただ、想定したのは五〇口径までで、戦車砲までは考えていない。敵も、軽MATの前に飛び出るほどバカではないだろうが、正面から撃ち合いになったら、戦車砲の引き金と飛翔速度の方が、ミサイルより圧倒的に速い。こちらは不利になる。例の、少年らが使った〝シェブロン〟はもうないの？」

「まだ二、三発はあります。ただ、あれは彼らにしか操縦は無理です。少年兵を、これ以上危険な場所に立たせることには反対です」

と姜二佐は首を振った。

「訓練は不十分だが〝スイッチ・ブレード〟は届いた。それを頼りにしたいが、その妨害方法は米軍は熟知している。どれほど使えるか……。中隊規模の戦車部隊と殴り合うとなると、それなりの犠牲を覚悟するしかない。やるべきだと思うか？それで敵を全滅させるなり後退させられれば良いが。彼らはたぶん、暴徒を盾にして攻撃してくる。

それだけの覚悟をわれわれが持てるかどうかも問題になってくる」

「ひとまずヘリで、マッコードに軽MATやカール・グスタフを送ります。背後から狙えれば、勝機もあるでしょう」

「そこより西のフォート・ルイスの動きがさっぱりわからない。基地ごと反乱したのか、それとも第358連隊だけの話で済んだのか。教導部隊だけの話で済んだのであれば、彼らを鎮圧するための部隊を基地から繰り出すのが筋だよな？　まさか、自衛隊に殲滅させてよしとする腹なのか。こんな馬鹿げたことをさせて……。FPVドローンは上げても構わないんだよね？」

「構いません。安全です。何しろ、地上からの見通し距離圏内での運用なので、映像を加工してフィードバックしてもすぐ気付かれます。だから〝眼〟を盗まれる心配はない。ただ、あちらにもそれなりの防空ユニットはあるでしょうから、損失覚悟で上げるしかありませんが」

相手がほんの三、四両なら、どうにか阻止できるかもしれないと姜は思ったが、中隊規模の戦車部隊となるとお手上げだ。戦車の倍の数の随伴車両がいて、それは歩兵を満載しているということだから。

ここで防備を固めるより、今すぐ、直ちに空港を放棄して脱出し、退路を確保すべきではなかろうかと思った。

第二章　LAとテキサス

ロスアンゼルスは、暑い一日を迎えていた。普段の夏とは異質な高温だった。ロスアンゼルスは、本来は夏も涼しい街だ。だが今は、電気がない中で、雨も降り、湿度も上がって蒸し蒸しした不快な一日になっていた。

ロスアンゼルスの南にあるコンプトン・ウッドリー空港では、コンクリートの照り返しがきつく、空港外より気温が高い。まるでフライパンで焼かれているような感じだった。

テキサス州スウィートウォーター警察署の刑事、ヘンリー・アライ巡査部長は、証拠物件が入った保冷バッグを肩から下げ、右手には、一三ガロンのゴミ袋を持っていた。そのゴミ袋は、二重になっていて、口は固く縛られている。今にも破裂しそうなほどに膨らんでいた。

パイロットのリリー・ジャクソンが、上空に上がったら間違いなく破裂するだろうことを警告すると、アライは、いったん縛っていた口を解《ほど》いてぺしゃんこにした。中の臭いが漏れたらしく、リリーが少し嫌な顔をした。

「何なの？　それ」

「数十人分の、食い散らかした後のペーパー・ディッシュと、韓国製の箸だね。使い捨ての箸。ここから、ある人物のDNAを採取する。でも、この状況だから、みんな皿は舐めるまで綺麗に食べたよ。ちょっと発酵したみたい」

「孔《あな》を開けた方が良いわね。気圧差って馬鹿にできないのよ」

「了解。そうする」

二人は、人生の出発点となった陸軍時代の同僚だった。

アライ刑事は、ＦＢＩのベテラン・プロファイラー、ニック・ジャレット捜査官に向き直り、「もし長引くようなら、リリーに迎えに来てもらって戻ります」と告げた。

「スウィートウォーターは電気が復旧したようだから、数日、ゆっくりしてくれれば良い。どこで解析できるかわからないが。ダラスはもう無理だろうな。当分電気が復旧しそうにない。アビリーンでそれができると良いが……」

「自分もそれを願っています」

それから、新人プロファイラー、ルーシー・チャン捜査官に軽くキスした。

「テキサスの治安も崩壊しつつあって、たぶん今のＬＡより酷いわよ。無茶はしないでよ？」

「わかっている。証拠を持ち帰ることを最優先とするよ」

エプロンに駐機している双発プロペラ機のパイパー・セミノールの後部座席に乗り込んだ。

エンジンを始動する前に、リリーが、「ねえ彼女、私にガンを飛ばしてきてないわよね？　ずっと険しい視線なんだけど」と告げた。

「気のせいだよ。君がレズビアンだということは何度も説明している」

「スウィートウォーターまでざっくり五時間。到着は日没時になるわね。ＬＡの電気、もうすぐ復旧するみたいなことをコミュニティ・ラジオが言っていたけれど、本当なの？」

「ああその話ね。ダニエル・パク下院議員が、再開された韓国総領事館を訪問して、保線作業員を派遣してくれる韓国政府に感謝の意を表明したらしい。原発からの基幹幹線を保守して、ひとまずLAの中心部だけでも電力を復旧させるということのようだ。電気が復旧すれば、水道も下水道も使えるようになる。それで、脱出していた市民も戻ってきやすくなるだろう」

チェックリストを消化してエンジン始動し、滑走路へと向かっていると、無線が反応した。優先着陸の要請だった。

「しばらく待ちましょう」

双発プロペラ機が降りてくる様子だった。

「この機体と似ている」

「あれはセスナの411。スペックはこの機体とほぼ同じだけど、与圧機能がある。お客を運ぶには、あっちの方が適任ね。つい一時間前、癌患者を乗せて離陸したばかりだったのに」

「どこへ向かっていたの？」

「コロラドのデンバーよ。離陸した後も受け入れ調整のやりとりが続いていた。断られたということね」

「デンバーはもう無理だろう？　あんな小さな州に、電気があるというだけの理由で、全米から避難民が押し寄せているんだろう。受け入れ余力があるとは思えない。いっそ、本国へ戻る、太平洋各国の支援機に乗せるべきだよね。重病人は、その方が助かる確率は高い」

「ええ。それも、組織が調整中だと聞いているわ」

「君らの組織は、実に何でも屋だねぇ」

「指導者のルーカス・ブランク教授は、トランプ政権が誕生してすぐ行動を起こしたそうよ。彼は、ワッツというLAのディストピア世界で育った。社会が分断されるとどうなるかを理解していた」

この空港に管制塔はない。管制は、パイロット同士の無線、ＣＴＡＦ共通交通勧告周波数によって行われる。パイロットの性善説によって成り立つ管制方式だった。

「ダラスの電力が復旧してくれないことには、末期癌患者、数百人が電気もないままここで死ぬことになるわ。幸い、薬はアジアから届きつつあるけれど。サンフランシスコの治安回復は全くの手つかずだし」

「そうだね。それに比べれば、ダラスはまだ昨日今日停電したばかりだ。熱波に襲われているということを除けば、ここよりはましだろうね」

「貴方、よくあんな所で暮らせるわよね？　刑事って、足で稼ぐ仕事でしょう？　真っ昼間の聞き込みとか暑いでしょうに」

「慣れだね。確かに、今年の暑さ……、というよりここ数年の暑さは異常だけど。二〇年後、テキサス州で人間が暮らせるかどうかは疑問だね。少なくとも、屋外のスポーツは全滅だろうね。州法で禁止される時代が来るよ」

セスナが誘導路へと曲がると、ジャクソン操縦士は、左右を確認してから無線で離陸を宣言して滑走路へと向かった。

ジャレットらは、ニッサンＮＶパッセンジャーに乗り込んで、エアコンをガンガン効かせながら、その離陸を見送った。

コミュニティ・ラジオでは、さっきから共和党のディラン・ウエスト新大統領のメッセージを流していた。

軍に、指揮系統に従うよう命じ、国民には、冷静さと団結を求めている。ジャレットは、いつものノートにメモを取りながらその声明を聞いていた。

「声明の半分は、軍のコントロールに割かれている。それだけ米軍が分裂しているということだろう。彼の関心のほとんどは、同士撃ちを始めている軍の統制に向いている。珍しく、同盟国の支援に関する感謝もあるが、これは、同盟国が支援からの撤退を表明しているということだな。さてそれが通じるかな……」

「この政治家、たしかアフガン戦争で、陸軍の英雄を議会で吊し上げて名を売った奴だよね？」

ＦＢＩロスアンゼルス支局のロン・ノックス捜査官が運転席から聞いた。

「そう。あれは、胸くそが悪くなる吊し上げだった。彼は、卑劣にもＦＢＩを使って、吊し上げた軍人とその家族の素行調査までさせたんだぞ、それが嫌で辞表を書いた同僚が何人かいる。ワシントン村が考えることはわからないね。他にも人材はいそうなものなのに、どうして、わざわざ軍の反感を買いそうな男を担いだのか……」

「それより、合衆国憲法が蔑《ないがし》ろにされていることこそ問題ですよ！」

とチャンが口を尖らせて言った。

「大統領継承順位からすれば、次は副大統領、その次は下院議長でしょう？　なのに、副大統領は固辞して、下院議長は移民だから就任はできない。その次の上院議長はわかるけれど、その人は共和党内ですら不人気だったからと、どこで何人の議員が投票したのかもしれない中で、上院議員が議長に選出され、直後に大統領就任だなんて、酷いペテンだと思いませんか？」

「それも民主主義だと思うぞ。国民の大多数が納得するなら、それも許される。それが許されるかどうかを最終的に判断するのは、連邦最高裁だろう。彼らが憲法違反だと裁定すれば、一から選任しなおすだけの話だ」

「肝心の、ＲＨＫ事件のこの後はどうなるんだだ？」とノックスが聞いた。

「ちょっと複雑な作業になる。まず、最近アビリーンで出たＲＨＫことリフォーム・ハウス・キラーのＤＮＡがある。これは初期の犯行で、いろいろ杜撰《ずさん》だった。被害者の爪に、抵抗時の皮膚片が残っていて、それと、ジュニア、つまり、パク議員がスウィートウォーターに埋葬した育ての親の遺体のＤＮＡとを照合する。それはすでにダラスのラボに送られていたんだが、この停電で作業はどうなったか……。それと、今朝、回収したパク議員の腹違いの妹さんのＤＮＡと、例のゴミの山のＤＮＡを全部拾って照合する。そこに血の繋がった者がいれば、堂々と令状を取れる。パク議員のＤＮＡ採取の令状をね。パク議員がＲＨＫを埋葬した証拠は残っているから――」

「でも、そのスウィートウォーターで出た遺体からはＤＮＡは採取できていないんだろう？　パク議員が、ＲＨＫの息子だということは証明できても、彼が父親の後を継いだことは証明できないだろう」

「ジュニアの犯行と思しき遺体は、何カ所かで出ている。そこから出た指紋がいくつかある。部分指紋に過ぎないが。塗り込められたモルタルの中からは、毛髪も出ている。そこからは当然、ＤＮＡ情報も取れている。現時点では、誰のものかわからないＤＮＡ情報だが。それが一致するだろう。全ての証拠は、パク議員がジュニアである、ジュニアとして犯行を引き継いでいたことを立証できるつもりだ」

「なんで？　なんでそんなことをする必要があったんだ？　彼、議員になったのは、いろいろと偶然が重なってのことだろうが、その前は、建築職人だろう？　腕の良い職人だった。平凡な家庭も持って、何が不満だったんだ？」

「子どもが父親の犯罪を引き継ぐのは、ある種の強迫観念だろうな。自分も同類であって、そうするしかないという強迫観念に囚われている。彼の育ての父親は、常に表と裏の貌《かお》を持っていた。腕の良い職人、養子を引き取る寛大さと包容力、そして、教育熱心。だが、ジュニアは、一方で父親のことを粗暴だったと回顧している。シリアル・キラーやサイコパスは、そういう二面性を持っている。パク議員の場合は、パワハラもなければ家庭内暴力もなさそうだから、その鬱屈した部分は、裏の貌の犯行に強く出ただろうと思う」

「シリアル・キラー、サイコパスの隣には、政治家も並べるべきだな」

「サイコパスが政治家向きであることは事実だが、まあ、それは偏見だろうな……」

「ダウンタウンへ帰りましょう。そろそろ顔を見せないと、いよいよ警戒されるわよ」

とカミーラ・オリバレス巡査長が提案した。

「心配だわ……」

とチャン捜査官がぽつりと言った。

「アビリーンはまだ全域に電気が来たわけではないのでしょう？　ダラスが停電しているとあっては、今ひとまず電気がある場所へと、避難民が殺到しかねないわ」

「道路を封鎖する必要があるだろうな。スウィートウォーター市内に車が入れないように。彼は、地元に戻っても良い仕事をするだろう」

「一緒に行けば良かったわ……」

ロスアンゼルスは、韓国軍部隊がパトロールしているエリア内では、治安はほぼ維持されていた。何しろ、韓国軍は、発砲することを躊躇《ためら》わなかった。

ボランティアによる武装警備部隊も編成され、その車両もひっきりなしに走っている。南はロングビーチ、東はオンタリオまで、その安全区域が拡がろうとしていた。残る問題は、南のメキシコ国境沿いの街サンディエゴ、そして、未だ無法地帯のサンフランシスコの治安回復だった。

テキサス州西部の小さな町、スウィートウォーターで日本料理店を営むジョーイ・西山《にしやま》こと西山穣一《じょういち》は、会社員時代の同僚だった田代哲也《たしろてつや》と共に、保冷車を先導して町の東外れにあるサウスイースト小学校を訪れた。そこに避難している人々に、昼飯を提供しにきたのだ。地元の住民ではなかった。ほぼ全員が、他州からの避難民だった。

エリアとしては、そこは殺風景な場所だった。その小学校は、本来は木立の中にあったが、今年の過酷な気温のせいで、立ち木は全部枯れていた。すでに葉は一枚もない。夏の入り口辺りで、そうなっていたような気がした。そもそもが、テキサスのこの高温に耐えられる前提で植えられた樹木が、全滅していたのだ。

その枯れ木の向こうから、町の南を走る20号線が覗いている。ダラスから、アビリーンを経て、ずっと西へと続く幹線道路だった。大渋滞していた。

猛烈な暑さの中、前日提供したパックも学校から回収する。食べ残しを調べて、何が不人気だったかを調べる必要があった。

西山の愛車は、自宅とともにトルネードで吹き飛ばされたので、今はアライ刑事の父から借りたホンダの〝オデッセイ〟に乗っている。田代は、駐在先のフロリダ・マイアミから避難してきて、家族は日本へと帰し、自分だけここに留まった。

二人は、小走りに日陰を移動して車に駆け込んだ。すぐエンジンを掛けてエアコンを全開にする。

猛烈な暑さで、車内は、摂氏60度はありそうだった。もうサウナそのものの暑さだ。

「学校の南側に、林に囲まれて、リゾートホテルみたいな立派な建物がありますよね。ケアホームか何かですか？」

「いや、こっちで言うところのアパートだよ。わりと高級で、ゲーテッド・コミュニティに近いが、でも柵があるわけじゃない。風力会社とかの駐在のエンジニアとかが入っている。良い客だよ。金離れは良い。あとで、営業に行ってみるか？　手に入る限りの食材で工夫はしているつもりだが、配給弁当は配給弁当だ。ちょっと実費を出してくれれば、色を付けた弁当を届けるとか」

「そりゃダメですよ。この食材は、米の一粒からビスケットの一枚に至るまで、州政府からの配給です。無料、公平が大前提です。もっとも、州政府だって、アジア各国からの援助品を金で買っているわけではないでしょうけれどね。全ては国際社会からの無償援助だから」

「駄目か……。平和になってからのビジネスに繋がる話だと思ったけどなぁ。しかし、この辺りの道路はとっくに封鎖されているはずだけど、路上が車で一杯なのはなんでだ？」

「西へと移動する動脈ですからね。その動脈沿いにできた町で、どこかへ迂回しろとも言えないでしょう」

「なあ、賭けをしないか？　『暑い』と一回口を滑らせたら一〇ドルだ」

「俺は良いですけどね。先輩ってほら、わりと思ったことはすぐ口に出す方でしょう。それはワンサイド・ゲームになりそうですが？」

「やっぱヤメだ。しかし暑《あち》ぃな……」

「われわれは、食料提供に全力を尽くしてくれということだから、余計なボランティア活動には参加しなくて良いでしょう。そもそも鉄砲も撃てないし」

「そうだな。ちょっと申し訳ないよな。ボランティアとは言っても、弁当代は、ちゃんと州政府が出してくれるから、われわれにとっちゃ、純然たる商売だ。それもぼろ儲けできる商売」

「ローンが丸々残った自宅を吹き飛ばされた日本人への神様の慈悲ですかね……」

「この小学校、道路際で危ないだろう？　この枯れ木の林を抜けて学校まで辿り着けば、エアコンでギンギンに冷えた教室があるんだぞ。俺なら、マイカーを捨てる覚悟で突っ込むよ」

「突っ込まなくても、車を乗り捨てて逃げ込むことはできそうですね……」

話しているそばから、その枯れ木の林を、何者かが腰を屈めて向かってくる。四人組のファミリーのようだった。父親がキャリーバッグを抱きかかえている。子どもたちは、中学生くらいかと西山は見当を付けた。

「どうしようか？」

「気付かなかったことにしましょう。武装もしているだろうし」

頭上を何かが横切って、影が地上を走った。鳥かと思ったがドローンだった。結成された自警団が、ドローンを飛ばしていたのだ。

たちまちパトカーが現れ、降りてきた制服警官が腰の銃に右手を添えて「引き返せ！」と怒鳴っていた。

「家族連れひと組くらい、受け入れてやれば良いのに……」

「蟻の一穴てことになりますよ。気の毒だが追い返すしかない」

その四人の家族連れは、いったん引き返そうと、わかったわかった！　という仕草の後、警官に背中を向けた。ところが次の瞬間、振り返った父親が突然、ピストルで撃ってきた。

西山と田代は、反射的に運転席で身を竦《すく》めた。何かがドサッ！と倒れる衝撃音が聞こえてくる。

警官が、パトカーのドアに身体をぶつけ、その横に倒れていた。路面は、目玉焼きができるほどに熱せられている。その時西山が思ったのは、銃による負傷ではなく、鉄板焼きと化した地上で焼け死ぬぞ！　ということだった。

西山は、躊躇わずにドアを開けて外に立った。さらに銃口を向けてくる父親に向かって両手をたかだかと掲げて「撃つな撃つな！――」と怒鳴った。

田代は、「先輩ってこれだから――」と舌打ちしながら、西山に続いた。

そして、「撃つな！　われわれは非武装だ！」と両手を掲げたまま、一周してみせた。ケツにもピストルは隠していないという意思表示だった。

「彼を助ける！　彼を助ける。貴方たちは、好きな所に行ってくれ。小学校にはエアコンもあればトイレも使える。ただし、銃は隠せ！　警備員が何人も詰めている」

父親は、どっちにすべきか一瞬、迷った様子だった。だが、彼に考えている余裕はなかった。ショットガンとアサルト・ライフルを持った自警団が小学校から飛び出してきて、蜂の巣にされた。父親だけではない。家族全員が、たぶん二〇発以上の弾を喰らってその枯れた林の中に倒れた。

西山は、パトカー脇に倒れた制服警官の横に膝を突いた。

「署長《チーフ》！　署長！」と呼びかけた。

「なんでパトカーに一人で乗っているんだ……」

息はしている様子だった。防弾ベストを着ているが、なぜかそこいら中で出血している。

「この怪我は何だ？　撃たれたのは一カ所だけのはずだが……」

「銃弾が防弾プレートで止まったけれど、そこで砕けた破片が四方へ飛び散ったんでしょう。マイアミで避難生活している時に、徴兵上がりの韓国人から聞いた。安物はそうなると」

田代は、署長の怪我の様子を見た。顎から出血、左腕と右腕からも出血しているが、動脈は傷つけていない。だいぶご年配の方だった。

「去年まで、ここの署長だった。確かアビリーンから通っていたはずで。引退した後は何をしていたのか。店にも何度か来てもらった」

学校から自警団が出てきて、横一列に拡がり、林の中へと入っていく。地面に倒れている父親に向かってトドメの二発を撃ち込んだ後、「生存者がいるぞ！」と声が上がった。

瀕死だが、少年の一人が生きている様子だった。

署長が意識を取り戻した。

「署長、顎にも一発食らっているので、喋らない方が良い。呼吸はできますか？」

と田代が聞いた。相手がうんうんと頷く。

「ちょっと日陰へと移動しましょう。あちこち喰らっていますが、全て弾の破片で、太い血管は無事のようだ。貴方はついていた。敵はもう排除されました！」

日陰なんてどこにもない。ひとまず、パトカーの後部座席に座らせて、救急車が到着するのを待った。

しばらくして、オリバー・ハッカネン医師を乗せた救急車が到着した。ハッカネンは、本来はアビリーンの検死官事務所の検視医で、この騒動が起こるまで、生きた人間に触るのは数十年ぶりのことだった。本人は「半世紀ぶりの医者の仕事だ」と時々笑っていた。

西山家とは、いろいろ縁があって、竜巻で吹き飛ばされた彼の自宅跡キッチンから、半分ミイラ化した死体が出てからの付き合いだった。

「運が良かったぞ、チーフ！　たいした傷じゃない。だから安物のプレート・キャリアは止めろとずっと警告し続けたのに、警察当局は聞かないから。銃弾は止めても、止めた後の破片が飛散する。軽く包帯を巻いて病院に直行させてくれ」

自警団が、林の中からドクターを呼んでいた。

「クレイジーだ……。父親一人だけ撃ち殺せば済んだことなのに」

「ここはアメリカですからね」

と二人の日本人はぼやいた。

ハッカネン医師は、夫婦と女の子一人の死亡宣告をした後、まだ生きている少年に歩み寄り、怪我の具合を見て脈を取った。目立つ、白いTシャツを着た白人少年と、その家族だった。

ハッカネンは、少年の口の中にフェンタニル・キャンディを咥《くわ》えさせてやった。自警団に何事かを命じて戻ってきた。

「残念だが、助からない。平時でも、ドクターヘリでアビリーンまで運んで助かるかどうか……」

「ドクター、ここは道路に近すぎます。隣は避難所になっている学校だし、外に自警団の歩哨所を設けさせるべきですね」

と西山が言った。

「同感だ。そうするよう提案しておいたよ。ショットガンを構えた複数の男たちが避難民の眼に入れば、こういう不幸な事故はある程度は防げる。似たような事故が増えているよ。言っちゃ何だが、正当防衛だから！　とウキウキした顔で撃ちまくっている連中もいる。自警団と言っても地元民じゃないからな。よそから避難してきた男達で、たまたま銃の心得があるから自警団に駆り出されて、後から避難してくる者たちを銃で脅して追い返している。中には、わざと気付かないふりをして罠に嵌《は》めたとしか思えないケースも起こっている。それで狙撃して蜂の巣にする。この自警団、自警団と言いつつ、ただの殺戮者《さつりくしゃ》集団だぞ。かと言って、今更地元民に限定すると宣言して、銃を取り上げるわけにもいかん。それこそ、町を乗っ取られる」

「そんなヤバイ連中に、町の防衛を任せたのですか?」

「お陰で、私は商売繁盛。生きた肉を縫合するのは半世紀ぶりだから、この歳になって腕が上がったよ。君らも気を付けてくれ。町の端には近寄らないことだ。こういう所は特に危ない。黒人、アジア系、ヒスパニック。あいつら、有色人種だとみると、見境なく撃ってくるぞ」

配送車や西山のオデッセイには、ボランティア活動中であることを示すダクトテープが、ボンネットと、後ろにも大きく貼られていた。

だが、気休めにしかならないような気がしてきた。それほど彼らは危険な集団に思えた。

シアトル・タコマ国際空港から真東にほんの三マイルも離れていない場所に、西海岸最大規模のショッピング・モール、ウエスト・フィールド・サウスセンターがあった。このエリアは、西海岸で最も繁栄するシアトルを象徴する場所で、ありとあらゆるエンターティメントやショッピングが楽しめる。

もちろん、このモール一軒で、人生に必要な全ての買い物ができた。

フォート・ルイスに駐屯する第189歩兵旅団第358連隊を無許可離隊してバトラー軍に加わった連隊

作戦参謀のソフィア・R・オキーフ陸軍少佐は、部下が運転するBMWの後部座席から降りると、そのモールの巨大な建物を見遣った。

一通り略奪に遭った後は、避難民の収容施設として使われている。自警団に過ぎないが、武装した者たちが入り口を守り、中で銃撃沙汰が起きないようにも気を配っていた。

ここには、民主共和の垣根や対立はなかった。

ストライカー装輪装甲車が一両、駐車場に停まっている。何しろ巨大なので目立った。

オキーフ少佐が後部ハッチから乗り込むと、連隊長のサム・クルーソー大佐は、人払いして二人だけで向き合った。

「危険ですよ。こんな目立つ車両……」

「付近には対空ユニットのSHORADも配置してある。巡航ミサイルだって叩《たた》き墜《おと》せる。この程度で撃破されては、われわれの計画に勝ち目など最初からなかったということだ」

「驚きました。大佐がこんな無茶をなさるなんて……」

「ああ。たぶん君以上に、私自身が自分の行動に驚いているよ。君が部隊を連れて脱走した直後、最後に話した上官が私だとわかり、憲兵隊に自室で拘禁された。外からはドンパチが聞こえてきて、実際、フォート・ルイスの司令部建て屋は、どこも孔だらけだよ。沸々と怒りがわいてきた。人生を軍に捧げたのに、この扱いはなんだと……。それでブチ切れた。君のようなエリートにしてみれば、私のような無能な中間管理職ははなから眼中にないだろうが――」

「連隊長は、中間管理職よりかなり上ですよね。私が、大佐をそのような軽蔑的な視線で見ていたような誤解を与えていたとしたら、お詫びします。上官との付き合いは、昔も今も苦手でして……。

Westfield

貴方の演説は立派でした。皆、感銘を受けたはずです。これで、全国の部隊からも決起が相次ぐことでしょう。まだまだ始まったばかりですが」

「そうでないと困るぞ。私も君も、重大な国家反逆罪を犯している。銃殺刑になっても文句は言えん。〝剣闘士《グラディエーター》トム〟の様子はどうだ？　会ったのだろう？」

「はい。徐々に回復しつつあります。問題は彼のことより、バトラーでしょう。新大統領を受け入れそうにない」

「私だって、あんな奴はご免だがな。だがアメリカ人はトランプだって受け入れた。直に慣れるだろう。それで、問題はこの後だ。フォート・ルイスからの後続の援軍はない。君が命じた通りに部隊は配置した。悪くないと思う」

「私が命じた？」

と少佐は怪訝そうな顔をした。

「ああ。あれは君の命令ではないのか？　機甲一個中隊を空港南の倉庫街に潜ませろとの命令だ。では、トム・マッケンジー大佐の命令か？」

「いえ。彼はまだそこまでの回復はありませんし、機甲部隊の配置なら、当然自分に意見が求められるはずです」

「では誰の命令だ。バトラー？」

「あんな馬鹿にそんな知恵はありませんよ」

「君はしかし、本当にこれで良いのか？　戦死した兄上の仇討ちとはいえ」

「戦死ではありません。帰国してのPTSDによる自死です」

「すまない。それはそれで辛いな。残された家族は一層辛いだろう」

「その戦車はどこに入れたのですか？」

「空港の事実上南隣に、アマゾンやエアラインが持っている巨大倉庫群があるだろう。差し渡し三〇〇ヤードはある巨大な倉庫が一〇棟は並んでいる。そこに、分散して入れたよ」

「自衛隊部隊と目と鼻の先ではないですか？　危険ですよ」

「私もそう思ったが、君の指示だろうと了解したのだ。問題は、この後の作戦だと思うが。自衛隊部隊に撤退を促すことになるのか？」

「ダウンタウンに張り付いていたカナダ国防軍は、後退を開始しました。彼らは撤退することになるでしょう。シアトルに関して言えば、残る敵は自衛隊のみです。彼らは、米軍正規軍部隊との正面からの殴り合いは避けたいでしょうから、恐らく彼らも撤退すると思います」

「では、それを見守るだけで良いな。何ならマッコード空軍基地までエスコートしても良い」

「それでは駄目です。殲滅しかありません。マッケンジー大佐は、殲滅せよ！　と」

「剣闘士トムがそんな過激なことを言うのか？　同盟国軍だし、この十日間、シアトルの治安を回復するために全力を尽くしてくれた彼らを戦車砲で串刺しにしろというのか？」

「われわれの決意を示す必要がある。刃向かうものは容赦しないと。彼は、アフガンでの戦いで、決して味方ではない部族のコントロールに奔走しました。彼なりの、人心掌握術がある。フォート・ルイスで立場を決めかねている臆病者のケツを蹴飛ばすには、同盟国軍部隊といえども容赦しない姿勢を見せるべきだとも」

「理屈はわかるが……、たかが歩兵部隊だぞ。戦車を見せびらかして投降を呼びかければ良い。われわれはロシア軍じゃない。ジュネーブ条約は守るし、不必要な殺戮もしない。相手が誰だろうと」

「それは結構ですが、大佐が仰るには、彼らはサムライだ。不名誉な降伏はしないだろうと。私も同感です。投降は呼びかけますが、最終的には、潰滅させるしかないでしょう。それで、迷っている連中への意思表示になる」

「了解した。しかし意外だな。大佐にそんな残忍な一面があったなんて」

「異教徒相手に、慈愛や規律を説いて村の平和を守ったわけではありません。われわれは、そういうダーティなことも、戦場の指揮官にさせてきたのです」

「部隊は君に預ける。作戦を立てて、敵を殲滅しろ。ただし、常に降伏は呼びかけろ。いや、降伏という言葉は過激だな。投降くらいに留めた方が良い。われわれは名誉あるアメリカ陸軍だ。それと、誰が部隊配置を命じたかも調べてくれ」

「わかりました。大佐は、英雄として歴史に記録されますよ」

「そんなことは望んではいない。私はただ、この混乱を治めたいだけだ。それに、君だって、浮かない顔に見えるぞ?」

「はい。歴史の審判に備えています。将来、誰かが歴史として振り返った時、自分は正しい側にいたとして記憶されたい。ですが今、自分が正しい側にいるという確信はありません」

「みんなそうだろう……」

オキーフ少佐は、装甲車を降りると、キャビンの大佐に対して、踵を揃えて敬礼した。無能ではないにせよ、こんな平凡な上官をその気にさせて、こんな馬鹿げた行動に巻き込んだとしたら、申し訳ないことをしたかもしれないと後悔した。

そして、自衛隊——日本人が正気な判断力を発揮して、勇気ある降伏をしてくれることを祈った。

マッコード空軍基地の西端、基地フェンスの外にあるビジター・センターに、野戦病院のエアドーム・テントが建てられていた。そこには軍の医療スタッフが待機し、南西側に拡がるフォート・ルイスから送り込まれる負傷兵の手当に追われていた。

フォート・ルイス側には、癌の治療もできる巨大な軍病院があったが、外傷治療の手が回らないほどの負傷兵を抱えており、またそこは戦場のど真ん中だった。

そのビジター・センターは、深い森の中に建てられていた。説明がなければ、まるでどこかの国立公園の中のビジターセンターのような雰囲気だ。

両手を真っ赤に染めた原田拓海《たくみ》三佐がエアドーム・テントを連ねた野戦病院から出てくると、地べたに座り込んでいた榊小隊の面子が顔を上げた。

「済まない……。残念だ。あと五分早ければ、助かっていたかもしれないが」

第１中隊第２小隊長の榊真之介《しんのすけ》一尉が、「ありがとうございます」と一礼した。これまで重症者を出しての後送はあったが、戦死者は初めてだった。

小隊ナンバー２の工藤真造《くどうしんぞう》曹長が、無言のまま榊の肩を叩いた。

「遺体は、空自が引き取り、ここから本国へと帰還する」

「せめて、われわれの手で機内に乗せてやれませんか？」

と榊が言った。

「時間がない。反乱軍に、行方不明の機甲部隊がいるらしい。いつどこから仕掛けてくるかもしれないので、われわれは本国から運ばれたばかりの対戦車火器を受け取り、空港へと戻る。米空軍は、陸軍とは行動を共にしないということなので、移動用の車両を出してくれるそうだ」

「撤退ではないのですか？」

と工藤が小声で聞いた。原田は、工藤を誘い、その場から少し離れてから口を開いた。

「いや、撤退だと思う。ひとまずここまで下がるんじゃないかな。それを支援する形になる」

「その後は、どうなります？」

「ヤキマまで下がるという案もあるだろうが、私は、もうこのまま日本に帰還だろうと思う。アメリカ軍正規軍部隊とは戦えない」

「そうですね。そこは同感です。アメリカ軍と戦って戦死するなんて、馬鹿げてますよ。反乱軍なんて呼び方は、所詮、今はまだ勝っていない側だというだけですからね。オセロの白黒は、一瞬でひっくり返る」

「小隊長は大丈夫ですか？」と原田は聞いた。

「いつか戦死者が出ることは覚悟の上で、立ち直ってもらうしかない。しかし、機甲部隊を相手にして歩兵だけで戦うのはしんどいですよ？」

「そうですね。ある程度、ドローンを使うにしても、彼らは優れた対ドローン・システムを持っているし」

ヘリのローター音が聞こえてくる。黒白の冬期森林迷彩に塗られたブラックホーク・ヘリが、まるで梢を掠めるように低く飛んでいた。実際には、それはペイントではなく、流行のラッピング・フィルムだったが、ネイビー・シールズの隊員を乗せたナイト・ストーカーズの武装ヘリだった。

今朝も、あと一歩というところで味方の戦車を攻撃し、彼ら自衛隊を救ってくれた。フォート・ルイスには、ナイト・ストーカーズの大部隊が駐留しているが、彼らだけは、その指揮下から離脱したように見えた。

アリューシャン列島のアダック島で、島を占領しに来た中露軍と激しく撃ち合った。味方機は、彼らのヘリたった一機のみだったが、素晴らしい働きをしてくれた。

その時の搭乗員たちだった。そのヘリ・パイロットの一人が、新大統領の娘だという情報は、トップ・シークレットとして扱われていた。

原田は、遺体を空自に引き渡しがてら、彼らと作戦を練ってくるからと榊に告げ、しばらく待機するように命じた。

原田小隊の面子は、ビジターセンターを囲むように、地べたで寝ていた。睡眠は取れる時に取る。それが彼らのモットーだった。

第160特殊作戦航空連隊《ナイト・ストーカーズ》第４大隊に所属するＭＨ-60Ｍ〝ブラックホーク〟ヘリ二機が、アリューシャン列島のシェミア島に派遣されていた。

そのうち一機が、隣のアダック島に派遣されていたが、潜入していたロシア兵の狙撃を受けて墜落、機長が戦死していた。

シェミア分遣隊長のメイソン・バーデン陸軍中佐は、大隊長から厳禁されたにもかかわらず、残る一機を操縦してアダック島に駆けつけ、副操縦士として生き残っていたベラ・ウエスト陸軍中尉に操縦桿を預けた。

何度か際どい場面はあったが、そのたった一機のブラックホーク・ヘリは、装備するドアガンで敵の歩兵をミンチにして味方の窮地を救った。

副操縦士が、シークレット・サービスの要警護対象者に格上げされたことで、本土へと戻ってきたが、ここでも戦闘から逃れることはできなかった。

武装ヘリが敵味方に分かれて殺し合う事態を恐れて、ナイト・ストーカーズのヘリはほぼ全機分解整備状態にあった。

整備部隊長の機転で、ただ一機飛行可能状態に維持された武装ヘリに乗り、彼らはまたも窮地に陥った自衛隊部隊を救ったのだった。

　マッコード空軍基地西端の輸送機用の巨大なハンガーの手前に着陸してエンジンをシャットダウンすると、ハンガーの中から燃料給油車と作業車が出てきた。

　第4大隊デルタ中隊(整備)の中隊長ゲーリー・アトキンス中佐が飛び出してくる。

「見事な着陸だ！　メイソン」と誉めた。

「こんなことして良いのか？　ソプラノ大佐はきっとお冠だぞ？」

「あいつがどっちに転ぶか見物だね。今更バトラーなんかの味方ができるとは思えないが」

「ここの輸送機は上がっていないのですか？」

　とウエスト中尉が聞いた。

「それが、反乱部隊は防空ユニットも奪って脱出したからね。自衛隊機は自由に飛ばせているが、輸送機は慎重にということらしい。どこかの基地から、反乱軍に加勢する兵隊を積んで離陸されても困るということだろう。それに、基地の連中は、反乱軍がここを襲って輸送機を奪い、全米に暴徒を送り込むことも恐れている」

「連中ならやりかねないぞ。空軍の兵隊だけで警備しきれるのか？」

　とバーデン中佐が聞いた。

「自衛隊がここまで下がってくるはずだ。一時的にカナダ軍も入る。それで、しばらくは持つだろう。一応、仲間の戦車はぶっ放しては来ないという前提らしいが……」

「自衛隊機だって危ないよね？」

「そう。だから今は、南から進入着陸し、また南へと離陸していく。少し面倒だが。もし自衛隊機が攻撃されるようなら、彼らは本気だということだろう。自衛隊機もここから退去する。だから、空軍としては、なんとしても戦線を北側で維持したいところだろうな」

ウエスト中尉が「トイレに……」、と歩み出すと、バーデン中佐が、「おいイーライ！」と呼びかけた。

ネイビー・シールズ・チーム7のコマンド、イーライ・ハント海軍中尉は、ようやく届いたドアガンの弾倉の交換に入っていた。

「イーライ、シークレット・サービス代わりに護衛に付け！」と命じた。

「冗談でしょう？」とウエスト中尉が顔をしかめた。

「冗談なものか。バトラーと新大統領は、どうやらそりが合わないみたいだからな。君を人質代わりにするかもしれないぞ。君を守っていたデルタのコマンドはどこに消えたんだ……」

「いいわ――」

ウエスト中尉は、予定通りの行動に出て、ハント中尉と肩を並べて歩き出した。

「例のもの、ちゃんと預けてくれた？」

「問題ない。仲間に預けた。そいつは、軍のネットワークに侵入できるし、いざとなれば、バトラー軍とも接触できるだろう。だが本当に良いのか？　あれが公になったら、お父上の面子を潰すことになるぞ」

「それが狙いだもの。父は必ず私のことを利用する。冗談じゃないわ。私が背負っている義務と危険を、あんな男の宣伝のためには使わせない！」

「わかった。随分と秘密の任務もこなしてきたつもりだけどさ、まさかシアトルの上空で、味方の戦車相手にぶっ放すことになるなんて思わなかったな」

「ねえイーライ……」

ベラは声を潜め、

「ぶっ放すと言えば、私、大統領令嬢だから、一〇分とか二〇分くらい、トイレに籠もっても誰も責めないわよね？」

　とイーライの手を取った。

「おっとー……」とイーライが笑って頷いた。

　原田三佐は、米空軍のバンで、その遺体を運んだ。棺も空軍が用意してくれた。航空自衛隊のC-2輸送機に常備されているらしい日の丸がその棺に掛けられた。空軍は、儀仗兵《ぎじょうへい》まで出してくれた。

　アダック島で共に戦った元デルタ・フォース隊員からなる傭兵らも、いつの間にか現れて敬礼してくれた。少人数の精鋭チームを率いるアイザック・ミルバーン元陸軍中佐は、腰に空軍のウォーキートーキーを下げていた。

「中尉の護衛に付かなくて良いのですか？」

「いやまあ、彼女のプライバシーも尊重してやらないとね。それに、この空軍基地の防備を固める必要もある」

「攻めてくると思いますか？」

「攻めてこないと考えることに合理性はないな。空軍がバトラーに対して徹底して反旗を掲げ、しかも陸自部隊を抱え込むとなれば、奴らは容赦なく撃ってくるよ」

「貴方は陸軍で、トム・マッケンジー大佐とはほぼ同世代だ。彼のことはご存じですか？」

「知らないと言えば嘘になるが、かといって友人というわけでもない。議会でのことは、気の毒だったし、私も怒った一人だが、政治家に腹を立てても仕方ない。そもそも私は、現大統領に雇われて、その娘を守りに島に入ったわけでね」

「フォート・ルイスからは、更なる反乱部隊が出ますか？　部隊は一番そのことを気にしているようですが、全く情報が入らない」

「どうだろうね。一応、軍の指揮系統はまだ生きているとは思うが、基地内に留まり、煽っている連中はいるだろうし、指揮官連中は、雲行きを見ているところだろう。だから、バトラーにしても、マッケンジーにしても、華々しい戦果を上げたいはずだ。私なら、アクセルをべた踏みしてここまで逃げ込むよ。空港はもう、全く安全ではない」

Ｃ‐２輸送機が南へと離陸していく。エプロンには、自衛隊のエリアが設けられ、ステルス戦闘機や、海自の哨戒機が並んでいる。恐らく、五〇機前後もの自衛隊機が、ここを拠点として行動しているはずだった。

中国は、撃退されたわけではない。単に、その艦隊は北へ、アラスカへと向かっただけだ。こんな不毛な内戦ごっこに明け暮れている場合ではないのに……、と原田はため息をついた。

第三章　アメリカ陸軍機甲中隊

　広大な演習場を抱えるヤキマ基地は、レーニア山系を越えてシアトルの東一六〇キロの内陸部にある。陸上自衛隊は、毎年ここで大規模な訓練を行う。第3水機連隊も、その訓練中にこの騒動に遭遇した。

　シアトルからは、レーニア山系の山越えで、あっという間に避難民が押し寄せてきた。演習場は、それら避難民の受け入れ場所となり、自衛隊も真っ先にここに拠点を立ち上げた。それが、ヤキマ空港内に開かれた〝北米邦人救難指揮所〟であり、主に統幕から派遣された隊員が陣取っていた。

　指揮を執るのは、E‐2C乗りの三村《みむら》香苗《かなえ》一佐。

　それを陸海空の幹部らが支える。

　あと一歩でシアトルの掃討作戦が完了するという時に起こったフォート・ルイスの反乱は衝撃だった。何もかもご破算にされたような感じで皆沈んでいたが、彼らは早急にエスケープ・プランを用意する必要があった。とりわけ航空部隊に対しては急がねばならなかった。

　三村は、ホワイトボードに貼られた、北米での空自海自機の展開状況を示す白地図を眺めていた。それぞれの機体が虫ピンで止めてある。一番集中しているのが、フォート・ルイスの東隣に位置するマッコード空軍基地だった。

「うちは、たぶん何とかなりますよ……」

とP - 1乗りの倉田良樹《くらたよしき》二佐が言った。二人共、統幕運用部からの派遣だった。

「ルグラン少佐に、カナダ国内の使えそうな空港や滑走路を聞いた時に、シアトルの対岸と言って良いのか、バンクーバー島の南端にあるヴィクトリア国際空港のことを教わりました。ブリティッシュコロンビア州ヴィクトリア。ルグラン少佐から聞いたエピソードですが、かつて新渡戸稲造《にとべいなぞう》が、国際会議でここを訪れ、倒れて客死した土地だそうです」

三村は、白地図を見遣った。

「失礼だけど、こんな不便な所に、人が住んで暮らしているの?」

「都市圏人口はざっと四〇万だそうですから、全くバカにできないですよ。大学もあるし、空港は、三本の交差滑走路を持つ。燃料の問題さえ解決できれば、海自機はここで運用できます」

倉田は、プリントアウトした空港のモノクロ衛星写真をホワイトボードに貼った。

「一番長い滑走路はどのくらい?」

「七〇〇〇フィートです。ざっくり言えば二一〇〇メートル」

「そりゃ、P - 1の離着陸には十分よね」

「そちらの芦屋基地だって、滑走路長はたったの一六〇〇メートルですよね?」

「芦屋で戦闘機は運用しないから……。私、スポケーンのフェアチャイルド空軍基地まで下がろうと思っていたのよ」

「マッコードから四〇〇キロ内陸部をどう考えるかですよね。中国艦隊の戦闘機と睨み合うには、かなり不利な場所です。治安は良いでしょうが。でも戦闘機の一時的な避難場所としては、フェアチャイルドで良いんじゃないでしょうか? 給油機部隊も、ここで整備はできるだろうから」

「人員も運んで……、それとも途中のモーゼスレイクがいいかしら？　滑走路長は十分あるし」

「小さな町です。クインシー攻防戦でC‐2は何度か降りてますよね。しかし部隊展開となると、ロジの支援が得られるかどうか。ヴィクトリア空港の北西七〇キロに、ナナイモ空港という民間空港がありますが、ここの滑走路長は、ヴィクトリア空港より少し短い。バンクーバー島には、他にも空港はありますが、滑走路長は、どれもそれ以下。そして、ロジはほぼ不可能です」

「いっそ、アメリカ側のウィリアム・R・フェアチャイルド国際空港はどう？」

「オリンピア山の北側の裾野ですよね。見た目より設備はよさそうですが、陸路からのロジが酷い遠回りになります。陸を往き来するロジ部隊を守る別の部隊が必要になる。やはりカナダ一択でしょう。カナダ政府も協力できると言っているわけだし。こうしませんか？　まずは、海自部隊を一時的に、ヴィクトリア空港に避難させて運用します。空自部隊も運用できるかどうかを一日二日で判断して、可能だとわかったら、フェアチャイルドに下がった部隊を呼び戻すのは？」

「それが無難かしら。中国軍の眼を引くだろうから、護衛の戦闘機も何機か置かせてもらいましょう」

「しかし、痛いですね。マッコード空軍基地のロジ支援は完璧だったのに」

「ええ。われわれにとってあそこ以上に使い勝手が良い飛行場は、もうエルメンドルフまで下がるしかないわよね。私たちはこれでやりくりできるけれど、民航機はどうするか。バンクーバー島に支援物資を降ろすわけにはいかないし。極東からロスアンゼルス国際空港《LAX》を往復するとなると、往復で四、五時間は余計に見込む必要があるわよ。バンクーバー国際空港に降ろすべきだと思う？」

「日本からの飛行時間は、シアトルと全く同じです。八時間超。帰りは一〇時間。シアトルが使えるようなら、バンクーバーにわざわざ降りるのは時間の無駄です。ただし、われわれの受け入れをカナダ政府に求めるならば、バンクーバーへの支援機は倍増すべきですね。あそこも西海岸からの数百万単位の避難民を受け入れて、アップアップしている。何しろ、治安維持要員の派遣をオーストラリアに要請しているほどですから」

「そうね。シアトルに向かってくる民航の支援機を全機、バンクーバー行きにしましょう！　だって、LAXは遠いでしょう。そりゃ彼ら、LAXまで飛べる燃料は持っているでしょうが、離陸時のフライトプランはシアトルの往復でしょう。治安維持する気がない自治体の空港に、撃墜される危険を冒してまで無理に降りる必要はないわ。言葉は悪いけれど、見せしめにするしかない。それとは別に、これから飛ぶ予定だったシアトル行きの便は全機バンクーバーに変更するようにリクエストしましょう。引き続き、バンクーバーに大量の支援機を入れられれば、それだけ自衛隊の待遇も良くなるはずよ」

「了解です。それで、最後に残る大問題ですが……」

三村は、しばらく押し黙った。ここヤキマも安全だったわけではない。水機団連隊は、ロシアの民間軍事会社と何度もやりあったし、一時期、その傭兵集団は、ヤキマの町中にも潜んでいた。だが、今はほぼ安全が確保されていた。それもこれも、暴徒らをシアトルまで押し戻せたからだった。

その努力と苦労が、今水の泡になろうとしていた。彼らがもし、シアトルの制圧に成功するとしたら、今度こそ、その進撃を阻むものはいないだろう。あっという間にスポケーンまで達し、暴徒の集団は、いよいよワシントン州を出ることになる。

「土門陸将補のニュアンスでは、シアトル空港は全く安全ではなく、犠牲者が出る前に放棄するしかないということよ。シアトル空港が制圧されたら、敵はその勢いに乗って、ここヤキマに雪崩込《なだれこ》んでくる。もちろん彼らにとっては、ここはただの通過ポイントに過ぎないだろうけれど。私たちはどこまで下がるべき？」

「モーゼスレイクは、ロジが得られないし、敵の進撃ルート上にある。真南に下り、隣のオレゴン州ポートランドは、今はまだ荒れていますが、治安回復は恐らく可能です。西海岸沿いの街だから、空港機能は十分、退路も確保できる」

「シアトルに近すぎるわ。敵のターゲットにされる。いずれにせよ、隣接州は駄目よ。いつ敵が雪崩込んでくるかしれない」

「では、サンフランシスコを避けて、カリフォルニア州北部の山岳地帯とか、砂漠でロジが不安ですが、軍事基地もあるネバダ州など」

三村は、フライトスーツのポケットを探って、自分が書き留めたメモ用紙を一枚出した。

「私、今朝からずっと、コロラド州を考えていたのよ。デンバーなり、コロラドスプリングス。政府というか外務省から、中西部に進出してくれとせっつかれていた。具体的に、テキサス州ダラスの名前が挙がっていたけれど、残念ながら、ダラスも停電して、あの混乱の中では、ロジを維持できそうにない。合衆国東部エリアからNATO各国が撤退するとなると、われわれが東部地域に救援の手を差し伸べる必要がある。そのための足がかりが中西部に必要よ。そもそも、この時差、大変よね？」

「どこに行こうが、東京との時差はどうにもならない」

「いえ。そうじゃなくて、大陸間の時差です。私たちは、大陸の西端にいる。フロリダやニューヨークから一番遠い場所で、邦人救出の指揮を執っている。もう少し、時差中央というか、そういう場所にいるべきよ」

「NATO各国が撤退した後も、われわれはここに留まれるのですか？」

「わからないわね。それに、コロラド州は、電気があるということで、周辺地域から避難民が殺到しつつある。軍隊でもパン一個でも届けてくれ！　とコロラド州の悲鳴も上がっている。私たちが展開すれば、直行便なり西海岸経由なり、支援機の航路を一本開拓できるわ。私たちは身軽で、旅客機一機、輸送機一機あれば移動できる。この問題点を指摘してくれる？」

「すみません……。ええと、いやさすがにそこまで下がることは思ってもみなかったので……。西海岸から一五〇〇キロ近くも内陸部ですよ？　そりゃ、高度があるから涼しそうですが。最大の懸念事項は、電気がある限り、今後とも避難民は各州から殺到して膨れ上がるということです」

「まさにそこが問題で、私たちは遅かれ早かれ、支援機を直接コロラド州に飛ばす必要に迫られるでしょう。つまり避難民が向かう先に荷物を届けるしかない。だから、先手を打てる」

「もし、われわれもこの支援任務から手を引くとなったら、その時、現地から脱出できますか？　たぶん、アフガンから飛び立った最後の米軍機のように、滑走路上を追いかけてくる民衆がタイヤにしがみつくことになる」

「その場合のエスケープ・プランは、土門陸将補にお願いしましょう。あの人たちがご専門だから。不安かしら？」

「いや、ここはほら、いざ何かあれば、近くに水機団もいてくれて、戦闘や混乱に巻き込まれる心配はなかった。向かう先は、米空軍の聖地とはいえ、どの程度治安が維持されているのか不明です。その治安がいつまで維持されるかも。でも、そうですね……。ダラスへ向かわせていた支援機も、ダラスの混乱で自由に飛べなくなりつつある。そうなると、支援機を降ろす場所が必要になる。しかし、ここを失うのは痛い。ＬＡＸ経由では、デンバーは少し遠回りになる。シアトル経由なら、時間も燃料も無駄にすることなくデンバーまで飛べるのに」

「そうね。でもテキサスは、あの暑さよ。ダラスの手前のアビリーンとか、空軍基地もあればそれなりの空港もあるけれど、エアコンがない中では、熱中症で戦死者が出かねないわ。それも無視できない」

「そうですね。ここは、それなりに涼しいから気にしなくて済むが、確かに、今のテキサスは地獄でしょう。脱出のタイミングはどうしますか？」

「シアトル空港の部隊が空港を放棄したら、マッコード空軍基地からＣ‐２輸送機を呼んで脱出します。貴方は手順を決めておいてください。システムを全てシャットダウンし、まず電源車と燃料車を輸送機に収容した後、隊員が乗り込みます。名簿を用意し、置き去りが出ないように。私は、自治体の関係者に挨拶しておきます。空港周辺警備を依頼している手前、黙って逃げ出すわけにもいかない」

「ＮＡＴＯが逃げ出した後、日本と韓国だけで、この状況に対応できると思いますか？」

「それは無理よね。私たちにできることは、西海岸の都市の治安をいくつか回復して、最低限のロジを維持することだけ。でも、世界最強の正規軍部隊が反乱を起こしたとあっては、どうにもならないわ」

後ろ髪引かれる思いはあるし、正規軍部隊の反乱は、ヤキマの自治体関係者にとっても災難な話だ。彼らに罪はない。自分たちもまた万能ではないことを伝えるのは辛かった。

もしバトラー軍が、この州を支配するようなら、自衛隊に協力したのは誰か？　を巡って犯人捜しが行われ、文字通り、吊される関係者が出ることだろう。

西山穣一と田代哲也はオデッセイに乗って街の中心部へと出た。巨大なダラー・ショップがある。日本で言うところの〝百均ショップ〟だが、規模が違う。東西の差し渡しが二〇〇メートルもある巨大なホームセンターと言った感じだ。外からは、何かの大工場にしか見えない。

隣が消防署なので、ひっきりなしに消防車や救急車が出入りしている。ダラー・ショップの広大な駐車場が、テキサス州外から集まった避難民のマイカーで埋め尽くされていた。

西山は、恐れていた事態がついに起こってしまったと思っていた。きっとどこかがやらかすだろうと考えていたのだ。

ハッカネン医師が先着し、外に運ばれてくる患者をトリアージしている。マスクした消防署長が険しい顔で西山の車を出迎えた。

「彼、消防署長ですよね？　自分が知っておくべきことは？」

「ない。南部の人間だから、まあ普通に、俺らアジア系はよそ者だよな。それ以上は批判しない。

うちの店に来たことはないと思う。通訳してくれ。俺の責任なら、ハラキリ・ショーをここで見せてやると。だが、下手《したて》には出るな。優先すべきは――」

「原因の特定ですね！」

二人は、四〇代半ばに見える白人の署長に挨拶した。モーリス・テイラー署長は、腰に両手を宛てがったまま無言で頷いた。腰にはガンベルトを巻いている。遠目には警官にしか見えなかった。

「ドクター、何の病原菌かわかりますか？」と田代が聞いた。

「いやぁ、症状は極めて一般的な食中毒で、ここでは原因物質はわからない。一応、食材をアビリーンに送って検査させるが、検査結果が出るには時間が掛かるだろう。ミスターのお店が原因でなければ良いが、今のところ、署長の見解では、ライスが怪しいそうだ」

「その理由は？」

「さあ……。それより、この患者を隔離する必要がある。ノロウイルスとかだと厄介だ。あっという間にアウトブレイクを起こす。このダラー・ショップだけで千人は収容しているからね」

「うちの店の可能性はゼロだと説明してやれ」

と西山が田代に命じた。

「ドクター。うちの可能性はないそうです。私もないと思います。宣伝するようなことではないのですが、先輩のレストランでも避難民を収容しているでしょう。全員ファミリーですが、実は、こうして仕出しする弁当と、そっくり同じものを食べてもらっています。つまり、よそで食中毒が出るとしたら、真っ先に、われわれの客人に症状が出る」

「おお！　毒味という奴か。考えたね」

そして、西山が口を開いた。

「町の西外れに、綿花工場があります。この辺りでは、結構大きな工場です。ただ、アメリカのインフレのせいで、商売もだんだん厳しくなって、昔建った工場のなかで、使っていないのがあるはずです。最低限の冷房は入っている。そこが良いでしょう」

田代がそれをまた通訳する。

「わかった。署長に提案するよ」

テーブルが外に出され、昨夜からこのダラー・ショップの避難民に提供された支援食料の残りが並べられていた。西山のレストランからも、朝昼晩、各二〇〇食ずつを提供していた。

西山は、マスクしてその上から屈み込んだ。日傘が欲しいところだった。アメリカ人、とりわけ南部の男たちは、決して日傘を差さない。まるで、男であることを放棄しているような軽蔑の眼差しでその行為を嗤い、呪うが、ぜひ州知事や学校の教師たちから率先して日傘を使うべきだと思った。

見た目や臭いでは判別できそうになかった。

テイラー署長が近づき、「ライスが原因だよな？　あるいはライスと一緒に出された食材が」と西山に迫った。

西山はサングラスを外すと、穏やかな表情で微笑み、「まず、貴方が、ここにあるピザに原因はないと思う理由を聞きたいが？」と日本語で話した。それを田代が通訳する。

「ピザは焼いてある。熱が通っている。ピザで食中毒なんて聞いたこともない」

「つい二〇二二年、フランス全土で、冷凍ピザが原因で、大規模なアウトブレイクが発生し、死者も出した。その時の原因は、出荷した工場のラインだった。チーズの残り屑があちこちに溜まり、溶血性・尿毒症症候群を発症した」

「溶血性……、それ、英語で何て言いましたっけ?」と田代が西山に聞いた。

「営業やっているお前が知ってなきゃ拙《まず》いだろう! ヒマリティック、なんとかだな。HUS! 救急車を運転するなら、HUSでわかるだろう。黄色ブドウ球菌、スタフィロコッカス・アウレウスも、主にピザのトッピングで発生する。非常にポピュラーな病原菌だ」

西山は、その舌を嚙みそうな単語を発音してみせた。

「あ、貴方は……」

と署長が呆気にとられた顔で口ごもった。なんでレストランのシェフがそんな知識を持っているのかと驚いた顔だった。

「署長。私は、自分のレストランを開店する前は、食品関係の調理機械の製造販売会社にいた。セールスで、全米を回った。機械は便利だが、あちこちに、屑が溜まり、それが菌の繁殖地になる。理想的な、夢のような繁殖地だ。だから私たちは、ユーザーに、掃除の仕方やその必要性を、小まめにトレーニングする必要があった」

田代がそれを通訳し終えると、署長の態度がらりと変わった。

「ええと……、私は、何をすれば良いと思う?」

「自分の店の衛生状態に関しては自信がある。こんな混乱時であっても、日本人は手は抜かない! だが、原因が私の店である可能性はもちろんある。だから、貴方のところの消防隊員を、これら食事を提供している全ての店舗に派遣して、もちろん私の店も含めて、厨房や使っている機械の写真を片っ端から撮影して私に見せてほしい。そうだな、最低でも、一つの厨房につき百枚の写真は欲しい。それで、その店舗の衛生状態に対する意識はわかる。たぶん原因となった店舗を特定できるだろう。それともう一つ。時に、食中毒は避けられない。

特にこういう高温だと。食中毒の原因物質には、強い伝染性を持つものがある。ノロウイルス——ノロヴァイルス・インフェクション！　は、接触感染、飛沫感染をする。今のように、一つの避難所に、複数の店舗から食事を提供するのは避けるべきだ。一度で、三、四カ所でアウトブレイクが発生する危険がある。その患者を世話する救急隊員を通じて、またよそへ拡がる危険もある」

田代は、その長い台詞を通訳しながら、思い出し笑いのような笑みを浮かべた。かつて二人が得意とした営業スタイルだった。西山が早口の日本語でまくし立て、それを田代がオブラートに包んで通訳する。

「わかった、わかった！……、それで、申し訳ないが、貴方に、その指導と監督をお願いすることはできるかな？」

「もちろん！　問題ありません」

署長が少し強ばった作り笑いで握手を求めてきたので、西山は両手を挙げて「おっと……、今は危険だな」とやんわりと断った。

「手の消毒を忘れずに。ノロヴァイルスの場合、石鹸はあまり効果がないが、お湯も使って、手指の油脂を綺麗に落とすことを心がけることです」

「わかりました！　署員に徹底させます——」

署長が敬礼して去っていった。

「これで、一人、客を増やしましたね……」と田代が感心したようにつぶやいた。

「結局、俺らアジア人はさ、見下してくるアメちゃん相手には、知識や経験で黙らせるしかないってことだよな」

それにしても、強烈な日差しと気温だった。ほんの五分、外にいるだけで、露出した皮膚が火ぶくれを起こしそうだ。湿度も高いせいで、視線を向ける方向のあちこちで陽炎《かげろう》が見える。テキサスは豊かな土地だが、アメリカ人は、この後半世紀も、ここに住み続けるつもりだろうかと西山は思った。

息子は、ホワイトカラーにして、ニューヨークやシカゴに出すしかない。あるいはシアトルに。あの辺りなら、竜巻も滅多に起きないだろう。

シアトルは、その緯度にしては少し暑い一日になっていた。最高気温は摂氏二六度。だが、湿度は低いままで、この沸騰するような全米にあっても、概ね涼しい夏だった。

シアトル・タコマ国際空港のノース・サテライトに、白旗を掲げた兵士が歩いてくる。エアポート・エクスプレスウェイと名付けられた空港沿いの道を、水機団が気付いた限りでは、二キロ以上も歩いて近づいていた。

誰が出迎えるべきか？　階級章は見えないが、装備からして士官ではなさそうだということになり、その指揮所にいて、アメリカ政府当局を代表する権限を持つだろう数少ない人物の中から、アルコール・タバコ・火器及び爆発物取締局（ATF）のナンシー・パラトク捜査官が指名され、カートに乗り込んでノース・サテライトへと向かった。彼女は、ここワシントン州出身ではあるが、イヌイット族の出身だった。この混乱が始まってから、ずっと水機団と行動を共にしてきた。

サウス・サテライトの指揮所で、第3水機団連隊長の後藤一佐が、クアッド型ドローンでその様子を見守っていた。万一に備えて、一個分隊をノース・サテライトの中から護衛に付けていた。

「仮に、その一個機甲中隊が空港近くに潜んでいるとして、未だに仕掛けてこないのはなぜだろうな……」

「可能性は二つですね。ダウンタウンに張り付いた味方部隊の後退が早すぎて、バトラー軍が追撃できずにいる。もう一つは、かと言って、一個機甲中隊で包囲するには、空港は広すぎる。包囲完了前に仕掛けては、われわれに脱出する暇《いとま》を与えてしまうということでしょう」

姜二佐が言った。

「すると、その機甲中隊は、南側のどこかに潜んでいるということになるな。今のうちに北側に脱出するか？」

「お勧めしません。北へ脱出すると、追撃してくるバトラー軍との鉢合わせを避けるために、すぐ東へと転進することになります。バトラー軍自体、今は、正規軍が加わり、それなりの戦力がありますす。レントン空港方向へ脱出することになりますが、背後からすぐバトラー軍と機甲中隊に追い掛けられることになる。私が敵の指揮官なら、レントン空港付近に、足止め用の小部隊をすでに配置済みです。退路は南しかありません。南へ出て、マッコード空軍基地へ逃げ込むしかない。運が良ければ、空軍基地から支援部隊も出てくれるかもしれない」

「そうなると、どの道、どこかに潜んでいるだろう、機甲部隊の前線を突破する必要が生じるわけだが……」

「そうですね。前門の虎、後門の狼状態です」

「そろそろ陸将補を起こすか？」

「もう少し寝かせてください。連隊長ももうベテランの指揮官ですよ」

「この十日間で、滅茶苦茶鍛えられたことは事実だけどね。戦死者も出したし」

パラトク捜査官が、ほんの一分、路上でその兵士と会話して、屋内へと引き揚げてくる。ウォーキートーキーで、敵のメッセージを伝えてきた。

こちらが求めるのは降伏であり、後退や撤退は認めない。降伏か戦死を選べとのことだった。

「随分と居丈高だな。われわれの後退を許せば、向こうも犠牲を払わずに済むのに」

「降伏させたという事実が大事なのでしょうね。しかし、ひとつ気付いたことがあります。敵がノース・サテライトに現れたということは、われわれが、本当はサウス・サテライトに陣取っている事実はまだ悟られていないということです」

「彼ら、燃料タンクを破壊するかな。ほとんど空だが、それでも、いったん火が点けば三日三晩燃え続ける」

空港の南端に、航空燃料の巨大なタンク群があった。海沿いの空港なので、必ずしも燃料タンクは必要ではない。海路からタンカーで運び込めば済む。

連隊副隊長の権田洋二二佐が、「ラジオが何か言っているぞ！」と通信席から叫んだ。

コミニュティFMと、短波放送をモニターしていたが、両方とも同じ内容だった。短波放送で流された放送が、ややタイムラグを起こしてコミュニティFMで流れている。なので、FM電波から、短波の聞き取り辛い音がそのまま流れていた。

「陸軍参謀総長の声明ですね」

とルグラン少佐が言った。日本語、英語はもとより、お国柄、フランス語も操るトリリンガル士官だった。

「同盟国軍部隊を攻撃する者は、これ全て反乱軍であり、合衆国軍部隊は、これを攻撃し、撃滅する許可を与える。シアトル市民とともに、全力を持って同盟国軍部隊を支援せよ！――。シアトル市民というフレーズが入っているのがミソですね。たぶん、シアトル市当局が、軍に泣きついたのでしょう」

「ところでさ、今の国防長官ってどこの誰だか知っている？　新大統領下での新長官」

　と後藤が聞いた。

「それは、議会承認が必要なはずですから、まだ前任者のままではないですか？」

「これで、支援は得られやすくはなったが……。動いてくれる部隊があると良いが」

「歩兵の数で言えば、戻ってくるカナダ軍部隊も含めると、われわれは敵の三倍から四倍の兵力は持っています」

　ルグラン少佐が励ますように言った。

「ああ、戦車も装甲車もないけどね。ふと思い付いたんだが、こういうのはどうだろう。いくら投降は許さないと威張ったところで、白旗を掲げてくる兵隊は撃てないよな？　隊員全員が、銃を捨てて、白いハンカチを振りながら出ていけば、撃てないだろう。ジュネーブ条約とか、ハーグの陸戦協定に違反することになる。正規軍を名乗るなら、そんなロシア軍みたいな非道な真似はできないだろう？」

「あ！　それ良いですね。でもみんな白ハンカチとか持っていたかなぁ。降伏の仕方とか教育してないから……」

　と副隊長が嘆いた。

「パンツでも良いぞ。ランニング・シャツとかさ」

「いゃあ、シャツは、みんなオリーブ色とかだから」

「ちょっとそれ、空港内で急いでカーテンとか探させよう！」

「はい！――」

　副隊長が明るい顔で駆け出していくと、ルグラン少佐は、真面目な会話なのか？　という表情で姜二佐を見遣った。

「降伏は常に選択肢です。われわれは旧日本軍とは違いますから」

車両で後退してくるカナダ国防軍の第一陣が、ようやく空港に到着した。ノース・サテライトの北端から、エプロン・エリアへと入ってきた。そこに入れば、建物が壁となって、外から覗けなくなる——頭上からは別だが。まだ敵のドローンが真上にいる気配はなかった。飛んでいるのは〝ラプラシアン〟が乗っ取った自衛隊のスキャン・イーグルのみで、それとて操縦しているのは自衛隊だった。〝ラプラシアン〟は、ただその画像を加工してダウンリンクしてくるだけだ。

ここから徒歩で脱出するのは辛いが……、と姜は思った。フォート・ルイスまで六〇キロはある。車両移動するだろうバトラー軍に、どの道追い付かれることになるだろう。戻ってきた車両は、戦争のどさくさに紛れて、どこかへ移動させたいと思った。

シアトル空港から、ほぼ真南、倉庫街の外れ二マイル足らずの所に、五階建ての立派なビルが建っていた。広大な駐車場を抱えている。滑走路の延長線上なので、高層ビルは建てられない。そのエリアでは目立つ建物だったが、人によっては、そこを諸悪の根源、悪の巣窟だと名指しして批判する者たちもいた。

ＦＡＡ連邦航空局シアトル支局は、事実上、ワシントンＤＣにある本部を差し置いて、ここごそがＦＡＡの総本山であると指摘されてきた。

ボーイングの旅客機が墜落事故を起こす度に、厳しい批判を浴びてきた。規制当局としての仕事ができていないと。事実、ＦＡＡはまともには機能していなかった。彼らは、ボーイングとは、であるここシアトルに根を張り、ボーイングの本拠地人材の回転ドア状態で親密な関係を保ってきた。

ＦＡＡの認可がなければ、ボーイングの旅客機は、一機たりとて飛ぶことはできないが、ボーイングの技術力がなければ、肝心のＦＡＡの審査は全く進まないという、ある意味、ウロボロスの蛇状態に陥っていた。互いにとって互いは必要だが、互いが食い合う関係でもあった。

ソフィア・Ｒ・オキーフ陸軍少佐は、一階の玄関を入った場所で、脚立《きゃたつ》の上に立っていた。すでに外には、装甲車両部隊が距離を取って集結していた。自衛隊のＦＰＶドローンはここまでは飛んでこないし、自衛隊のスキャン・イーグルに、ここは見えていないということだった。どういう意味か考える暇がなかったが、とにかく偽装されているという話だった。

「カナダ軍が空港に引き揚げつつある！　彼らは予備役兵で、装備も極めて貧弱だが、自衛隊と協力し、この数日、バトラーが率いる暴徒たちを巧妙に北へと押し出してきた。侮れる相手ではない。

そして自衛隊だ――。彼らは、決して降伏しない！　イオウジマの戦いを思い出せ！　あるいは、ペリリュー、オキナワの戦いを。彼らは、最後の一兵まで戦い抜くことだろう。彼らには軍医も衛生兵もいない！　なぜかわかるか？　負傷兵は皆、手榴弾を抱いて死ぬことを運命づけられているからだ。

近づいてくる敵の衛生兵もろとも自爆して国に尽くすことをモットーとしている。だから、自衛隊には、戦場医療という概念はない。昔も今も日本兵は近い捨てだ！

われわれはもう数十年、ここヤキマで彼らを鍛えてきた。知ってのとおり、彼らはいろいろ問題を抱えた部隊だ。ウクライナでの戦争を受けても、戦術のアップデートも組織の改編もしない頑なな集団だ。改革することを拒絶した陸軍で、何より、装備も貧弱だ。韓国軍にも劣る。もちろん人民解放軍にも。まるで半世紀昔からタイムスリップしてきたベトコンのような見窄《みすぼ》らしい装備だ！　今時、西側先進国の軍隊で、あそこまで貧弱な装備で訓練している陸軍部隊はいないが、それでも士気は高い。戦場で勝敗を決するのは、装備ではなく練度と意志と戦術だ。われわれはここで、同盟国の部隊にそれを教えてきた。諸君らが、これからの実戦で、自ら証明してくれることを望む。手加減して白旗を掲げさせようなどと思うな。われわれはウクライナの最前線に送り込まれた新兵部隊だと思え。敵は、督戦隊に後ろから脅され、錆び付いたAKを構えて突っ込んでくるロシアの囚人兵だと思え。いかなる慢心も命取りになる。戦力の逐次投入はしない。全戦力でもって挑み、これを殲滅する！――」

オキーフ少佐が脚立を降りると、「軍医がいないは、ちと言い過ぎですよ。自衛隊は、軍が付属医大を持つ唯一の軍隊ですよ？」と機甲科訓練教官のロイド・アルバート先任曹長が窘めた。

「あらそう？　貴方、日本からの訓練部隊に、軍医殿が同行しているのを見たことあって？　彼らの衛生装備ときたら、とっくにわれわれが廃棄処分したレベルの代物よ。解放軍より時代遅れというか時代錯誤。彼らに、戦場で負傷兵を救命する気があるとは思えないわ」

「本当に、戦車は全部出していいんですね？」

「連隊長にはいろいろ言ったし、マッケンジー大佐は、手加減するな、殲滅せよ、と言ってきたけれど、優先することは、この空港を奪取することでしょう。多少、命令を曲げても良いでしょう。さすがに一〇両を超える戦車を目撃したら、白旗を揚げるしかない。そうならなかったとしたら、彼ら、本気で最後の一人まで戦い抜くわよ。私たちの勝利条件は、空港の明け渡しです。できれば平和的に為されるのが良い。燃料タンクをぶち抜いて黒煙が上がるのは避けたいわ」

随伴歩兵訓練教官のロバート・サハロフ陸軍少佐が、「われわれが先行することになります！」と現れた。

「よろしくね。われわれは、ここに来る同盟国軍部隊に、口を酸っぱくして、戦車は無視して構わない。防空ユニットを優先して潰せ！　と教えてきました。彼らが学習したなら、そうするでしょう。油断しないでね」

「防空ユニットがもし二両撃破されたら、戦車は下がらせてください。それだけの装備と戦術が敵にあるということですから」

「その可能性はありそう？」

「わかりません。確かに彼らは問題を抱えているが、降伏しか許さないとなったら、必死で戦うでしょう」

「そうね。油断せずに掛かりましょう」

建物の外、駐車場から、オクトコプター・ドローンがウィーン！　とモーターのうなり声を上げて離陸していく。続いてより小型のクアッド型ドローンも上がり始めた。まずはドローンで心理的プレッシャーを掛けることになる。

その隙に、まず歩兵を前進させ、戦車を出すことになる。敵にも、すでに対戦車ミサイルくらい本国から届いたはずだ。撃ち合いになれば、勝ち負けは微妙になる。

何より、対戦車ミサイルはまだ届いていない状況で、昨夜から今朝に掛けて、攻撃ドローンで、次々と戦車のパワーパックが破壊されて放棄せざるを得なくなった。

まるで、ウクライナ軍の即席ドローンに殺られ続けるロシア軍部隊のようなみっともなさだった。

この戦いでは、敵のドローンをいかに排除して戦車を前進させるかが鍵で、その鍵を握るのは、サハロフ少佐が指揮する四両のM・SHORAD防空ユニットだった。

サウス・サテライトの屋上に置かれた光学センサーが、近付いてくるドローン編隊の群れを捕えていた。大小一〇機前後もいる。高度を抑えて路上を這うように飛んでくる。

クアッド型ドローンが、やがて速度を落とし始めた。

「あれは、クアッドだから、爆弾の類いは積んでいないだろうな」

と後藤はサテライトの柱の陰に寄りながら言った。

「SMASHがあれば良かったですね……」

と第1中隊長の鮫島拓郎《さめじまたくろう》二佐がぼやいた。ベネリのM3ショットガンを持っていた。

「そりゃ、私も欲しい欲しい！　と思ったが、今、イスラエル製の装備はなかなか買えないよね。マスコミに知られた途端、世間から総攻撃を受ける。良いかみんな！　狙って撃つな！　心の眼で撃て！　われら日本人には、昔から〝心眼〟という最高の照準装置が備わっている。サムライのDNAに心眼が刻み込まれている。アメリカ人は、それを〝フォース〟とも呼ぶが、とにかく、心の声に従え！」

「私ら、〝ジェダイ〟じゃありませんけどね」と鮫島が嘆いた。

「でも、サムライはサムライだろう？」

「うちは、先祖を辿れる限り、名古屋の貧農の出です。鎌とクワしか持ったことはない」

「少しは、部下を鼓舞しろ！」

鮫島は、耳栓をして発砲に備えた。

ウクライナで、徘徊型ドローンが、住居に隠れるロシア兵を探して狭い室内を彷徨《うろつ》く動画がある。ぞっとするような動画だった。室内に隠れている兵士までドローンで追い掛けて、自爆して倒すのだ。

ウクライナの戦場で、戦争の貌はすっかり変わった。だが、自分たちがその変化に対応しているとはとうてい言えなかった。

キーン！　というおぞましくも不気味なモーター音が近付いてくる。

「いいか！　見事、当てた奴には、俺のポケットマネーから、帰国後自衛隊靴下を一足謹呈する」

それでも、水機団にショットガンの装備が間に合ったのは幸いだった。普通科部隊にショットガンが配備されるには、まだ二〇年は掛かりそうだが……。

一機のクアッド型ドローンが速度を落とし、サウス・サテライトへと入ってくる。すでにガラスはない。道路を挟んで建つ駐車場ビルに立て籠もったバトラー軍を排除するために、ミサイルをぶち込んだ時の衝撃波で全て砕け散っていた。

鮫島は、まるでスローモーション画像を見ているような……、と思った。それほど、速度を殺して建物の中に入ってくる。だが、音は凄まじかった。

彼らが使うクアッド型の偵察ドローンより遥かに煩《うるさ》い。音がすればそれだけ敵に察知される危険が高まるのにこれだけ煩いのは、わざとだと思った。敵を頭上から威圧し、脅すために、わざと騒音レベルが高いドローンを運用しているのだろう。

鮫島が銃口を向けようとした瞬間には、もう建物の奥から発砲が始まっていた。三挺のショットガンが撃たれ、ドローンはネジが切れたオモチャみたいに、床に墜落し、リチウムイオン電池に火が点いて激しく燃え出した。

「消火は後だ！　まだまだくるぞ――」

　そのドローンは、撃墜されることが前提だったらしく、次から次へとサテライトに押し入ってきた。だが幸い、指揮所が見える場所まで辿り着けたドローンはいなかった。

　ガルこと待田晴郎一曹は、後方から原田小隊が上げたクアッド型ドローンの映像を見ていた。クアッド型ぎりぎりの高度を取り、この辺りなら撃墜されずに済むだろうという距離まで敵に近づきつつあった。

　そして、モニターの向こうには、市ヶ谷の防衛装備庁・長官官房装備官（陸自）の居村真之輔《いむらしんのすけ》陸将がいた。

「この〝スターマイン〟ですけど、何とかならなかったんですか？」

「言うな！　誰かが冗談で、まるで花火だと言ったんだ。確かに、似てなくもないから、それで良しとした。〝フラダンス〟とセットで使えば、どれかは役に立つだろう」

「これ、ウクライナの戦場で、似たようなものがありました？」

「いや、ないと思う。あそこはこの手の防空ユニットを持ち込むような余裕はなかったからね。ロシア軍のそれは、開戦早々、潰滅したし。例の〝ターミネーター〟とかさ。逆に言えば、正規軍同士の戦いでは、防空ユニットにそこまでの金を掛ける信頼性はないということだろう、と私は思っている」

「そっち、朝ですよね？」

「ああ。あくびが出そうだ。この時間でもう外は三〇度だよ。東京の昨夜の最低気温は二九度だった。そっちは涼しそうで羨ましい」

「戦場はホットですけどね」

「そうだな。米軍が、この手の欺瞞《ぎまん》方法に備えているかどうかわからない。これは、貧しい国なりの知恵だからね」

「なんとかやってみます。シミュレーションくらいやりましたよね？」

「もちろん。悪くはなかったとだけ言っておくよ」

待田は、その映像をＡＩの判定システムに掛けると同時に、光ケーブルの有線で指揮所へと送った。

最初は、空港まで拡がるタコマの住宅街が映し出されているだけだったが、ドローンが高度を上げ、かつカメラがズームし始めると、システムがターゲットを発見してマーキングし始めた。それが画面上部の空白のエリアに表示される。あっという間に二〇個を超えて増え続けた。

戦車から装輪装甲車、ハンヴィの類いまで片っ端からマーキングされるが、戦車はとりわけ高脅威目標として太字でマーキングされていた。

その数は、たちまち十両を超えていた。全車両、空港すぐ南の巨大倉庫街に潜んでいた様子だった。

皆、しーんと静まり返っていた。そんな中で、一人姜二佐だけが、「フー、助かったわ……」とほっとした顔で言った。

「助かった？　いきなり出せる全部隊を出してきたというのに？」

とルグラン少佐が怪訝そうな顔で尋ねた。

「私が恐れていたのは、これら戦車が、遠くから撃ってくることだったの。ウクライナの戦場で、ウ国ロシア双方がやったみたいに、一万メートル越えで、戦車砲を曲射砲のように使って、遠くから建物めがけて滑腔砲弾を撃ち込んでくることよ。この巨大なサテライトが蜂の巣のように孔だらけになり、たぶん手前の燃料タンク群も全部破壊されて炎上する。でもこの距離ではそれはない。彼らは狙って撃ってくるということね」

「それは、助かると言って良いんですかね……」

「まあ、こんな近くに潜んでいるのは意外といえば意外だけど、ここまで近づくと、お互いあれこれ考えずに済むわ」

戦車は、空港の南に拡がるデモイン・クリークの森の中、あるいは空港に隣接するサービス施設の間を進軍してくる。砲身が僅かに空に向いている様子だった。

「M-SHORADは合計四両！　戦車一個小隊につき一両という計算だな。みんなよく聞け！」

と後藤一佐は声を上げた。

「戦車は無視しろ！　無視して構わない。今あの敵のどこかにいるだろう教官のオキーフ少佐が徹底して教えてくれたことだ。戦車は無視して防空ユニットに集中する。そいつさえ潰せば、戦車なんざ、ただのでかい目標に過ぎない。さあ掛かるぞ！」

サウス・サテライトからさらに南に建つアラスカ航空のハンガーに潜んでいた味方が動き出した。敵から陰になる施設北側に並び、ドローンを次々と離陸させた。

デモイン・クリークの深い森の中、戦車より前を一両のM-SHORADが向かってくる。前にも横にも味方はいない。M-SHORADの視界と射界を確保するためだった。

編隊を組んだこちら側のドローンが、深い森を挟んで一本海側の道路上を南下していく。

〝ベス〟の指揮通信コンソールでそれを見守っていたスペンサー・キム空軍中佐が、「これ、誰が操縦しているの？」

と待田に聞いた。

「いえ。操縦はナシ。全てプログラム飛行です。

敵しかいないエリアでは、操縦の必要はない。敵のレーダーや光学センサーを避け、背後へ回り込みます」

更に、一機が離陸した。空港外へと出ると、まるで地を這うような低さで飛び始めた。ローターが地面の埃を巻き上げるのが見えた。

敵のM‐SHORADまではまだ一〇〇〇メートルほどある。道路はほぼ直線。左右は聳《そび》えるような樹木の壁で、車両に逃げ場はなかった。M‐SHORADが減速する。

背後からM‐1A2〝エイブラムス〟戦車三両が迫っていた。

「これ、〝ラプラシアン〟は見てますよね?」

「そう。間違いなく見ている。ここから戦術的な教訓を引き出せるかどうかはわからないが……」

相対距離八〇〇メートルで、M‐SHORADの三〇ミリ・ブッシュマスター砲が火を噴いた。たった一発のエアバースト弾で、ドローンは、地面に転がりながら燃え始めた。それは最初の囮《おとり》だった。砲弾は、ターゲットの手前で爆発し、爪楊枝サイズの細い弾芯が、無数に、かつ渦巻き状に飛び出してターゲットを捕捉するのだ。

次の瞬間、森の左手から、四機のドローン編隊が飛び出してきた。だが、M‐SHORADは、主砲に極端な仰角を取らせると、ほんの数発の連射で、そのドローン編隊を叩き墜した。これも囮だった。

だが、そこで奇妙なことが起こった。撃墜されたドローンは、ほぼ全てがその場で派手に爆発した。そしてその爆発の後に、濃い白煙と、キラキラ光り輝く炎を残した。

M‐SHORADが実際に撃墜したのはたった一機だったが、全機が反応して誘爆したのだった。

まあ、〝スターマイン〟と言われれば、そう見えなくもないな……、と待田は思った。

　その背後から、真打ちの攻撃用ドローンが襲いかかる。対装甲車両用〝スイッチ・ブレード600〟無人機が上空から突っ込み、対戦車弾頭でM‐SHORADを真上から撃破して爆発した。

「これって、チャフ&フレア？……」

「そうです。囮用のチャフ&フレア・ドローン。決められた場所で爆発もするし、コントロールを失ったと感知すると、爆発して、僚機も同時に弾けてそれらをばらまく。ターゲットは、そのチャフとフレアの雲の向こうは見えない。その雲の中から、スイッチ・ブレードが現れて撃破する」

「勿体ないな」

「あれらのドローン、一機ほんの二〇〇〇ドルですよ。数十万ドルのスイッチ・ブレードを何発も突っ込ませるよりは、遥かに安上がりです」

　待田は無言のまま、市ヶ谷の居村に向かって親指を立ててみせた。

　M‐SHORADが炎上し始めると、接近していたM‐1戦車が一斉に後退し始めた。M‐SHORADのハッチから、火が点いた兵士たちが転げるように飛び出してくる。

　ハンガーから再び〝スイッチ・ブレード600〟が発射される。今度は、高度は取らず、地表を這うように飛行する。後退し始めたM‐1戦車に向かってまっしぐらに飛ぶ。

　それに気付いた随伴歩兵らが、M‐4を構えて斉射し始めた。だが、スイッチ・ブレードは、そのマズル・フラッシュを見た瞬間にポップアップした。緩やかなカーブを描いて、森の上へといったん姿を消すと、真横からM‐1の頭上にトップ・アタック攻撃を仕掛けた。そして、撃破した。

「今の避け方、間違いなくAIだよね？」

「ええ。回避方法の中身までは聞いてませんが、

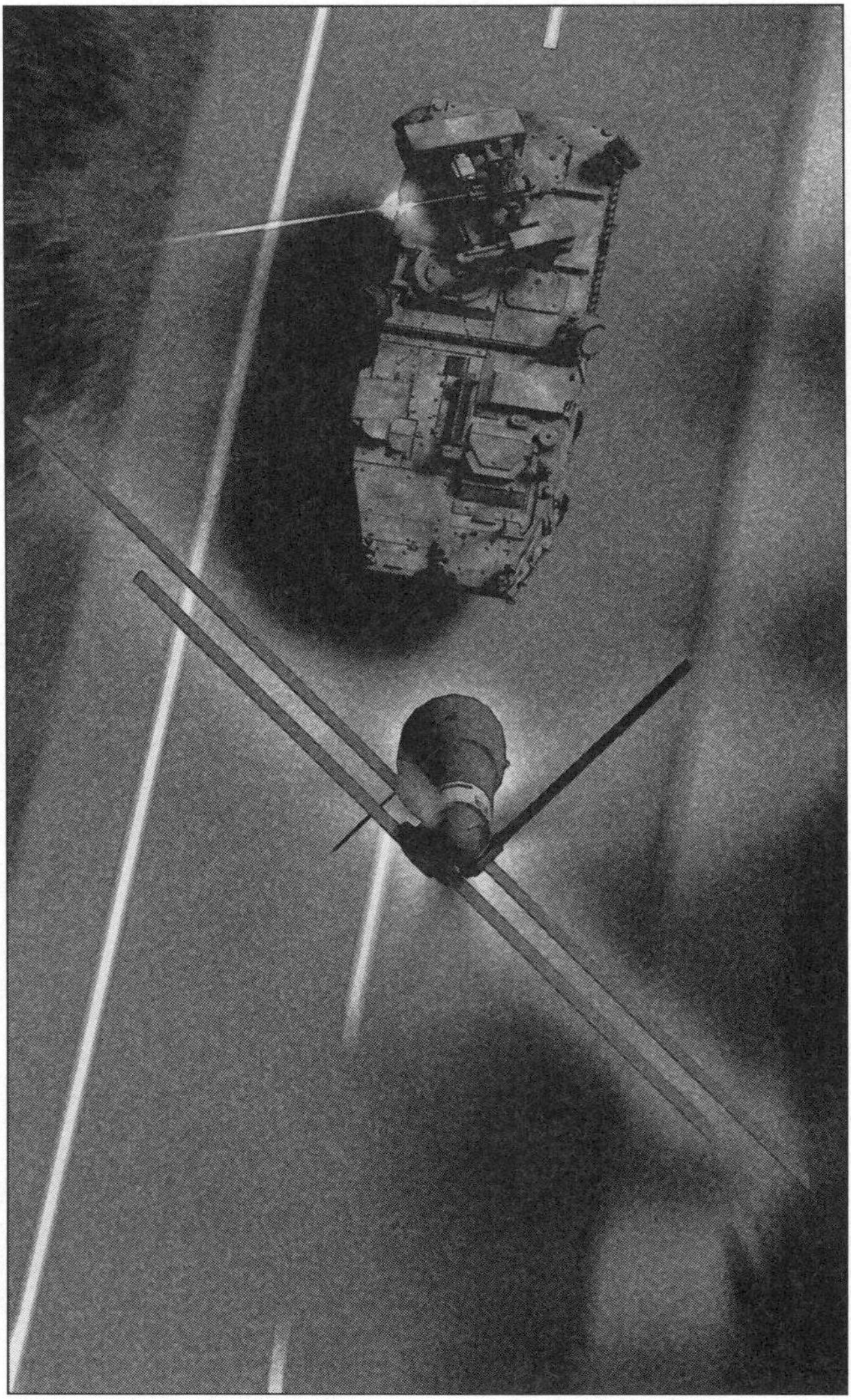

やはりＡＩでしょうね」

　のろのろと後退していた戦車が、その狭い場所でスモーク・ディスチャージャーを発射すると、白煙の中で埃を立てながら超信地旋回し、脱兎の如く駆け出していく。歩兵が遅れまじとそれを追い掛ける。そして森の向こうへと消えていった。

「彼ら、まさか、自国が量産して世界中に売りつけた兵器で殺られるとは思わなかっただろうな」

「そうですね。このルートからの進撃を阻止できた意味は大きい。逆にわれわれが使えるということですから」

　さて、街中を前進してくる敵戦車はこうはいかないが……、と待田は身構えた。われわれは世界最高度の装備と練度を持つ敵を相手に戦っているのだ。

第四章　貧者の戦い

　オキーフ少佐は、兵士がタブレット端末でモニター再生してみせた現場の動画に一瞬、言葉を失った。

　こめかみを押さえて、しばらく険しい顔をしたが、すぐ、いつもの沈着冷静な作戦参謀に戻った。

「これは、エアバースト弾か何かで、M‐SHORADの頭上に煙幕を張ったの？」

「違いますね。ドローンのようです。ドローンの編隊が森の上を飛んできて、スイッチ・ブレードが突っ込めるよう、センサーの前にチャフや煙幕を張ったようです。あれでは、M‐SHORADのレーダーや光学センサーはお手上げです。ああいう妨害は想定されていないでしょう」

　とアルバート曹長が解説した。

「あなた、こんな奇天烈《きてれつ》な攻撃方法、聞いたことはある？」

「いえ。初耳です。ただ、これもドローンによるある種の群攻撃《スウォーム》だと考えると、彼らがやる前に、ウクライナがやったかもしれません。それで装甲車一両破壊できれば、ドローンを数機失っても帳尻は合うでしょう。高価な対戦車ミサイルを何発もぶっ放してようやく一両撃破するのとはわけが違いますからね。彼らは、ウクライナ同様に、貧者の戦い方をマスターしたということでしょう」

「私の作戦ミスです。あんな、トンネルみたいな一本道を抵抗なく走れるなんて思った私がバカだったわ。明らかに、敵を甘く見ていた。森林ルートは放棄します。西側からの攻撃部隊は、509号線まで回り込みましょう」

「もう一本内側のルートでも大丈夫だと思われますが?」

「いえ。ここは安全策を採りましょう。自衛隊が、南西方面ががら空きだと勘違いして、そちらへ脱出してくるようなら、戦車部隊と歩兵で迎え撃てる。そちらは、M-SHORADが二両しかいないのが不安だけど」

「右翼サイドのM-SHORAD、一両をどこかに隠しませんか? 進撃エリアをカバーするだけなら、一両で済む。二両とも撃破されたら、もう後がない。それより、一両は隠して、敵に、もう一両どこかにいるはずだ! と疑心暗鬼にさせた方が良い」

「わかりました。それで行きましょう」

敵は、何しろ昨日までは同盟国だった相手だ。向こうから仕掛けてくるようなことはないと甘く見ていた。ただ縮こまってライフルを撃ってくるだけだろうと思っていたが、状況を読み違えたかもしれない。

「曹長、私たち、訓練にやってくる同盟国軍部隊を上から見下して、いつもご立派なことばかり言っていたけれど、間違っていたかしら……」

「いいえ。戦場はこういうものです。装備だけでワンサイド・ゲームに持ち込めるなら、われわれが訓練する意味もない。長いラウンドを戦い抜き、最後にリングに立っている者が勝者です。顔に出してはダメですよ、少佐。平然と、緒戦はこんなもんだ、という顔でいてください」

「そうしましょう。私がそういう表情を見せたら注意してください」

　オキーフ少佐は、まるでロボットのような作り笑いを浮かべて言った。

「その調子です、少佐。貴方や私が鍛えた部隊だ。自信を持ちましょう」

　倉庫街を出た二個小隊のＭ‐１Ａ２戦車八両と随伴装甲車が、北へ向けて前進を開始した。

　後藤一佐とコスポーザ少佐は、クアッド型ドローンの映像を見下ろしていた。

　後藤は、空港南東端に建つ建物に注目した。二個小隊が、28番通りを北上してそちらへと向かってくる。

「空港の隣にしては、高さがあるビルディングですね？」

「ああ、そこは、時々通うんだが、シータック連邦刑務所ですよ。そんなに重罪犯はいないが、連邦議事堂占拠事件の参加者らもいるので、この騒動が始まる寸前に、重犯罪者は、僻地の厳重刑務所に移され、拘置所機能も持つので、経済犯、薬物の微罪、未決拘留者は、誓約書を書かせていったん釈放したはずです。場所が場所なので、ここでサバイバルしようという物好きはいない。たぶん職員が何人か立て籠もっている程度でしょう」

　最初に引き揚げてきたカナダ国防軍中隊が、空港を出て、ライトレールの高架をくぐっていた。

「少佐ならどう攻めますか？」

「われわれを？　南東下にあるアングル湖、これがやっかいで、守る上では有利に立ち向かえる。要塞を守る巨大なお堀みたいなもので、敵は、この湖の東へと回り込むか、刑務所が建つ隘路《あいろ》を突破するしかない。隘路に配置を？」

「そう。汚い手だとは思ったが、射線上に燃料タンクが見える位置に部隊を展開させました。敵はうかつには引き金を引けない」

「戦車とやり合うのですか？　歩兵のみで――」

「こちらに戦車がいたって、われわれ歩兵屋が楽できるわけではないでしょう？」

「それは同感だが……。彼ら、そこがキルゾーンになっていることを理解しているかな？」

「さすがに、さきほどの攻撃で気付いたと思うけどなぁ」

「ドローンは脅威だ。だから戦車に関しては、ライトレールの高架横を走らせるのが安全だな。アングル湖の西湖岸から、空港のフェンスまで、最短部は一〇〇ヤード前後しかない。対戦車兵器を持った歩兵が潜めそうな場所は無数にあって、それを事前にドローンで全部潰すのは無理だ。突っ込むと見せて時間を稼ぎ、湖の右手へ主攻を迂回させるしかないだろうね。あちらはあちらで、住宅街を抜けることになるからしんどいが……」

「そのためのカナダ軍部隊の配置だ」

「連中、怒っているよ。隣人に向かって降伏せよ、とは何だ！　せめてプリーズとかシルブプレくらい付けろと」

「貧者の戦いという意味では、カナダ軍もわれわれも同じだな」

第3水機連第2中隊と、姜小隊の一個分隊が、その空港南東エリアの狭隘部《きょうあいぶ》にすでに布陣していた。

そして南西側には、姜小隊の残る二個分隊が、北上してくる二個小隊の戦車七両を待ち受けていた。

指揮通信車両〝ベス〟の中で、土門が起きてきて、待田の後ろに立つと、待田は、ノンカフェインのドリンクと、原田から指示された降圧剤の錠剤を与えた。隣ではまだキム中佐が座ってキーボードを叩いていた。

「まだ寝てて良いんですよ？」

「寝てることにしろ……。私が指揮を執る必要があるか？」

「いえ。今のところありません」

ドローンの映像では、空港南の森の中で白煙が上がっていた。

「中央のルートを潰したのか？　どんな作戦だ」

「あの森林ルートは、まずわれわれの脱出路になります。ただひたすら真っ直ぐ走れば良い。対する敵は、その最短ルートを潰されたことで、東西へ迂回する必要が出てきた。東側は、隘路というだけで、歩兵は下車戦闘できる。しかし西側は、かなりの遠回りになり、七キロ前後の移動が必要になります。下車戦闘となると二時間は掛かる。だから彼らは、視界が悪い装甲車で向かってくる。姜小隊が前後で足止めして、それを潰します。いいんですか？　このままここにいて」

「完璧じゃないか？　私の出番はないだろう。ところで、この大型車体、どうやって逃がすんだ？」

「スリンガーも一台いるし、手は考えてありますが、そもそもこの車両、地対空ミサイル装備です。ドローンや巡航ミサイルだって近づけませんよ。その気になれば、戦車相手にミサイルもぶっ放せる」

「原田小隊は？」

「一個分隊は、姜小隊の援護で西へ。原田小隊長は、ＦＡＡ支局の近くへ向かっています。そこが敵の指揮所らしいですが、突っ込ませますか？」

「指揮所要員の規模は、中隊の指揮所だと、たいした数はないか。しばらく様子を見よう。殺戮する必要はない」

「〝チェイサー〟の少年らを待機させています。〝シェブロン〟二機が残っている」

とキム中佐が土門に告げた。

「ありがたいが、中佐。少年兵にお願いせずに済むように片付けるよ。これは、国際法的にみていろいろヤバイ。クインシーでの活躍はまだしも正当防衛だったと言えるが……」

「ちょっと良いかな？　皆さん――」

モニターの向こうから居村陸将が呼びかけてきた。

「土門さん、具合はどうですか？」

「申し訳ない。大丈夫ですから」

「その〝シェブロン〟の件だけど、実は今、量産中です。たいした数じゃない。四機とかせいぜい五機だと思うが……」

居村は、キム中佐にもわかるよう英語で話し始めた。

「運んでくだされば、こちらで使いますよ」

「いやそれが、作っているのは、ここではなく、そこ。具体的には、マッコード空軍基地内で製造中です」

「ここで？　米空軍がですか？」

「われわれがです。毎度、待田さんから私のネーミングセンスに関して、お褒めの言葉を頂戴して何なのだが……。〝合体メカ計画《トランスフォーマー》〟というのを以前から進めています。われわれは貧しい。ドローンみたいなそれなりのサイズのオモチャを、あれもこれも持ち運びはできない。そこで、あるアイディアが閃《ひらめ》いた。クアッド・コプターにせよ、オクトコプターにせよ、構造は基本的には同じ。モーター付きのプロペラが四基か、倍かという程度の違いしかない。そこで考えたのです。偵察ユニットが必要なら、オクトコプターを分解して偵察用ドローン二機を組み立てれば良い。爆撃用が必要なら、逆にクアッド型を二機三機合体させればと。もちろんパーツは必要になる。それは、整備中隊が日本から持ち込んだ3Dプリンターで作れるし、マッコード空軍基地には、金属を使う3Dプリンター部隊もいる。

〝シェブロン〟の存在を知った昨夜から、メーカーの皆さんと協議していた。今そちらにあるうちのドローンを分解して、迫撃砲弾を流用して〝シェブロン〟型の高速ドローンを現場で作れないか？　と。一二〇ミリRTは持ち込んでいないが、八一ミリの迫撃砲弾ならある。今それをそちらで作っています。ただ問題があって……」

「パイロットがいない？」

「そう。そこまでの高速メカ、作れることは作れるが、陸自では、そんな高速タイプのドローンは必要としなかったから、たぶん水機団のドローン・パイロットでも操縦は難しいと思う。訓練しなければ」

「もし完成したら教えてください。誰が操縦できるか考えてみます」

と土門が締めくくった。

「〝チェイサー〟にやらせれば良い」とキム中佐が言った。「これは、われわれアメリカ人の戦いだ。少年だからと、彼らを排除するのは良くない。彼らが参加することで、この民主主義を守れるなら、彼らは躊躇わないし、後悔もしないでしょう」

「つい昨日までは、われわれが守っているものは、アメリカの民主主義だと胸を張って言えたけどね。現状では、今たまたま軍を支配する側に付いているだけにしか思えない。国連で裁定してほしいところだ。アメリカ合衆国の正統な統治者はどこの何者かを。君ら、亡命が必要になるかもしれないぞ？」

「バンクーバーは良い街だし、ロンドンだって良い。彼らだって、いざとなったら、一時的に日本に避難する覚悟くらいできていますよ」

「ひとまずは、ここを凌ごう。ここ十日間の戦闘で、水機団は都市型戦闘の腕も上げた。やってくれるだろう。でもカナダ軍は、対戦車兵器とか持っているの？」

「カール・グスタフを何挺か預けました。戦車がそちらへ抜けるようなら、われわれが背後からぶっ放します」

「われわれ、ここまで派手にやって良いのか？　あれ、米軍さんだよな？」

と土門は日本語に切り替えて言った。

「現状では、われわれが対峙している相手は〝朝敵〟です。朝敵だと、陸軍参謀総長は明言していますから。事後、軍法会議で処罰されると。そこは問題ないでしょう。向こうから包囲して、降伏を要求しているわけだし」

「われわれは薩長で、勝てば官軍！　と威張れるのか？」

「逆を考えて下さい。われわれが降伏して、バトラーの前に引きずり出されて彼が勝利宣言したら、全米に影響を与えますよ。シアトルは、バトラーを追い詰めて、ぎりぎり凌いでいるという情報がずっと出回っていたのですから」

「そんなこと言われたってさ。正規軍部隊がバトラーに付くと宣言したとあっては、いろいろもう詰んでるだろう？」

「今が踏ん張りどころじゃないですか……」

威力偵察と思しきストライカー装甲車が、戦車部隊の前に出てくる。刑務所前を走り過ぎ、速度を上げて、税関支所前を走る。ライトレールの高架があり、右手はホリデイ・インなどのビジネス客向けのホテル街だ。

大型トラックが一台、上下線の道路に横たわって塞いでいた。ここはそういう場所だらけだ。通

れないわけではないが、減速して、路側帯へと避ける必要がある。

ホリデイ・インの一階駐車場スペースに潜んでいた味方が、その瞬間、背後からカール・グスタフ無反動砲を発射した。

派手な爆発が起こり、兵士たちが転がり出てくる。その兵士たちに、三方から銃撃が浴びせられる。当てる必要はないと命じられていた。ただ足止めし、囮にするだけでよいと。

米兵らが、樹木やライトレールの橋脚の陰に隠れる。

戦車が一両、突っ込んでくるそぶりを見せたが、税関支所の手前でいったん停止し、後退し始めた。左手は森がある。その森を越えると、滑走路南端の空き地になる。

装甲車に乗っていた兵士たちが、下車し、その森の中へと入っていく。

M-SHORADもようやく姿が見えた。刑務所前で左折し、デモイン公園の森の中へと入っていく。さっき味方が撃破されたばかりのルートを目指していた。

そのM-SHORADを攻撃する編隊が再び飛び立った。今度の四機編隊は、森の上ではなく、所々拡がる空き地を、梢を避けて飛んでいた。地上五メートルもない高さだった。少し遅れてスイッチ・ブレード600が飛び立ったが、これは全く明後日の方角から接近するため、大きく遠回りを始めた。

四機編隊が徐々に高度を上げ、M-SHORADの注意を引く。ただちに砲塔が動いて、発砲を始めるかと思ったが、ブッシュマスター砲はしばらく沈黙したままだった。

「故障した?」

土門には、30ミリ砲が故障したかのように見えた。砲身が少し左右にぶれているようにも見える。いったん停止したM-SHORADは、そこから逃れようと走り出した。

四機のドローンは、撃墜されることなく、まだ接近しつつある。砲身もそちらへ向いたままだったが、結局、撃たれないまま、スイッチ・ブレードが真上から突っ込んで撃破された。

四機のドローンは、しばらく上空に留まると、引き返してきた。

「これ、うちの手柄なの？」

と土門は、訳がわからないという顔で訊いた。

モニターの中の居村がにやりとして、「何が起こったか、キム中佐ならわかるよね？」と聞いた。

「ええと……、これはたぶんグリント・ノイズですよね？　レーダー、光学センサー双方に対してグリント・ノイズを起こさせ、システムを幻惑させた……」

「さすがNSA！　その通り。この四機のクアッド型ドローンは、ものはただの偵察用ドローンなのだが、反射材が貼ってある。光学的にも、レーダー波にも良く反射する。で、それが編隊を組んで飛ぶわけだけど、ターゲットの有効射程範囲に入ると、フラダンスを踊り始める。右へ左へ。あるいは上下に傾いて。遠目には見えないほどのダンスだが、とにかく踊る。群れがそうしてグリント・ノイズを発生すると、火器管制コンピューターは、目標の精確な位置をロストする。その隙に、他のドローンが突っ込む」

「アイディアの勝利だ！」

「そう。実は、自前の防空ユニットを開発中に、突然故障して墜落していくドローンをシステムがロストしたことがあって、何でだ？　と原因を探ったら、これは使えると気付いた。そちらのメーカーさんは、あっという間に対策を考えるだろうが」

「まだ二両のM‐SHORADがいる。気は抜かないで下さいよ」

と待田が注意を促した。一両は見えているが、一両は行方知れずだ。更に、スイッチ・ブレード600が発射され、護衛の防空ユニットを喪失したM‐1A2戦車に襲いかかった。

為す術もなかった。随伴歩兵が気付いた時には、尾部のロケットモーターに点火してトップアタック攻撃を仕掛けていく。

更に、税関支所の陰から、水機団が次の獲物に向けて軽MATを発射した。スモーク・ディスチャージャーが発射されたが、至近距離だったため、軽MATは真っ直ぐ戦車に突っ込んでいき、これもタンデム弾頭が、砲塔を撃ち抜いた。

戦車部隊が後退し始めるが、森の中に入った歩兵は税関支所の裏へと回り、じりじりと前進を続けていた。

アラスカ航空のハンガーの陰に潜んでいた水機団迫撃砲小隊が、81ミリ迫撃砲の一斉発射を開始した。

距離一三〇〇メートルの、空港南側の森へ向けて、81ミリ砲弾を雨あられと降らせる。一二〇ミリRTほどの効果はないが、それでも、手榴弾より遥かに威力がある。

三〇〇メートル四方の、下生えもない公園のような気持ちの良い森を前進していた一個歩兵小隊が、その砲撃に捕まった。阿鼻叫喚の地獄で、兵士たちは森に伏せたまま、全く身動きが取れなくなった。

デモイン公園の西側でも攻撃が始まっていた。住宅街に潜んだ姜小隊が、部隊の前後の車両をまず撃破し、車両を足止めし、下車する兵隊、そして装甲車自体をカール・グスタフで撃ちまくっていた。

「私が起きる必要はなかったな……」

「幸い、そのようですね。敵に降伏を呼びかけますか?」

「神経を逆撫ですることになるぞ。後藤さんに任せるよ。まだ機甲戦力の半分は無事だ。諦めるとは思えない。北からはバトラー軍が迫るし、ここでぐずぐずしているわけにはいかないぞ。血路を開かないと。今回はたまたま、立て籠もる側だったから撃退できた。それに、キム中佐。貴方は何を仕掛けたの?　こんなに上手くいくはずがない」

「ええ。〝ラプラシアン〟が使ったのと、同じ手を使いました。皆さんの移動を隠した。スキャン・イーグルには、皆さんが空港を出て、あちこちで配置に就く様子がばっちり見えていた。自分はそれを片っ端から消して歩くプログラムを仕込んで〝ラプラシアン〟を欺きました。敵は、自衛隊がそこに潜んでいることを全く知らなかった」

「〝ラプラシアン〟は、欺かれたことに気付く?」

「人間が噛んでいるならすぐ気付くでしょう。〝ラプラシアン〟単体ならどうか……」

「ひとまず凌いだが、さて時間はないぞ。討って出るしかない。あの数の包囲には耐えられないぞ。北からは、万の数が襲ってくる」

バトラー軍の先鋒は、タコマ国際空港の北七キロにあるキング郡国際空港、通称ボーイング・フィールドまで迫っていた。


オキーフ少佐は、蒼ざめた顔を部下から隠すために、ＦＡＡビルの外へと出た。さすがに、誰一人追い掛けては来なかった。それは、全員にとって同じ衝撃だったからだ。

何度も深呼吸した。これは、大虐殺――、ジャイアント・キリングだと思った。アメリカ陸軍史に間違いなく残るだろう。史上、最も無様な戦い方をしてのけた無能な指揮官として自分は名を残すことになる。

アルバート先任曹長が出てきて、「大丈夫ですか？」と問うた。少佐は、無言のまま首を横に振った。

「自衛隊側から、平文での通信が入りました。双方の負傷兵収容のため、一時間の停戦を提案したいと」

「随分と下手に出てきたのはなぜ？　そもそも、自衛隊側に負傷者なんて出てないでしょう？」

「そうですね。ドローンで見ていた限りでは……」

「何が拙かったの？」

「中央線突破で擱座《かくざ》させられたのは、明らかに敵の罠でした。戦車部隊を西の住宅街へ誘《おび》き出《だ》すための。五マイルにも及ぶ進撃路は、歩兵は走らせられない。タンク・デサントで、警戒しつつ前進すべきだったが、敵は、われわれがそうしないだろうことを見切っていた。東側の隘路は、ある程度は予想されました。あそこにキル・ゾーンを設定されたら、身動きが取れなくなることはわかっていた。森へ入った所に迫撃砲弾が降ってきたのは想定外でしたが。あそこの被害は大きい。至急の救援が必要です」

「白旗を掲げたトラックを向かわせるの？　屈辱だわ……」

「兵員数では、敵の方が圧倒していたんです。われわれは戦車を持っているというだけ。驕《おご》ったかもしれません。しかし、考えようによっては、私や貴方が、ヤキマで鍛えた自衛隊部隊です。それが、教えられた通りに、緻密な戦術と勇敢さで勝利した」

「笑えないわね、それ。向こうの指揮官と会ったら、感謝くらいされるかしら。停戦の申し入れに感謝する――、とも伝えて」

「了解です。もう少し、偵察に人員とドローンを割きましょう。いろいろと、意外な所に敵が潜んでいた」

「そうね……。ウクライナへの侵略が始まった頃、ヤキマで、自衛隊の幹部から聞いたことがあるわ。われわれは貧しい。もう対戦車ヘリも買えないほど日本は貧しくなった。これからは、ウクライナみたいに貧者の戦い方を学ばねばならない。自衛隊は、ベトコンのような貧者の戦いに徹して解放軍と対峙するしかないと。あの時、もっと真剣に耳を傾けるべきだったわ。私は、彼らが言っていることが全くピンと来なかった。日本の経済規模で、対戦車ヘリが買えないとか、自衛隊が貧しいとか……。でもどうやら事実だったのね。彼らは、その貧しさに対応した部隊と戦術を見事に作り上げた」

「では、われわれは、王者の戦いに徹しましょう。まだ一戦繰り広げたばかりですよ。先は長いし、増援は来る。暴徒の寄せ集めとはいえ……」

　オキーフ少佐は、背筋をピンと伸ばし、顔を上げて指揮所へと戻った。


　サウス・サテライトの指揮所は、一戦凌いだことで、安堵のムードが漂っていた。

　勝っただの圧勝しただのという雰囲気は露ほどもなかった。相手は、昨日まで共に訓練に励んだ仲間であり、その部隊はまだ半分が無事だった。

「一時間、稼いだが、バトラー軍はすぐ背後に迫っている。次の手はどうする？」

　と後藤は全員に訊いた。

「まずカナダ軍部隊を退却させましょう」

と姜二佐が提案した。

「うちの原田小隊が、516号線まで前進しています。東へ行くと、ヤキマへ向かうルートに乗る。ここから東へ向けて出て、アングル湖の東で5号線に乗って、そこを南下します」

「敵が指揮所に使っているFAAビルや倉庫街のすぐ東を走ることになるが？」

「道路の東側は、住宅街、そしてすぐ森があって、もしそこで交戦したら、すぐ逃げ込めます。今、恐らく敵は、少しパニックになっているはずです。戦車を押し立てて圧勝できるはずが、無残な結果に終わったのですから。その混乱を利用すべきです」

「われわれの脱出はどうなる？」

「自衛隊だけでもそれなりの戦力になります。背後から来るバトラー軍は、所詮は素人の寄せ集めです」

「その素人集団にどれだけ酷い目に遭わされたか？」

「カナダ軍だけでも逃げ切れるように、われわれがドローンで援護し、いざとなったら、原田小隊にも突っ込ませます」

「徒歩だよね？　徒歩で――」

「はい。516号線まで、七キロほどですね。一時間は掛かる。負傷兵は、車両移動で、真っ直ぐ東へ走らせてヤキマの救護所に辿り着いてもらいます」

「他に作戦は？　このまま一緒に立て籠もるという手もあるが？……」

「少なくとも……」

と権田副隊長が重苦しい口を開いた。

「カナダ軍を脱出させるために、自衛隊が最後まで踏み留まったという事実は残ります」

「そうだな。それは重要だ。ということで、ルグラン少佐、これは決して安全な行動ではないが、ここに立て籠もるよりはましだし、われわれが十分援護することを確約する。どうかね？」

　後藤は、皆の列の後ろで黙って聞いていたルグラン少佐に質した。

「一時間、七キロを必死に走れば、迎えはいると考えて良いのですね？」

「うん。行動が決まれば、空軍に車両での出迎えを要請することになる。われわれがそこまでのルートの安全を確保している限りは、大丈夫だろう。君も同行したまえ。われわれと共にいる義理はもうない。十分尽くした……」

「ありがとうございます。自分は、ここに留まりますが、部隊にそのように提案してきます！」

　ルグラン少佐が駆け足で出ていった。

　すると、後藤は、「一緒に逃げるというのは駄目か？」と小声で言った。

「そうしたいところですが、兵法に則るなら、城に立て籠もって敵を惹き付け、時間稼ぎする役は必要ですよね……」

　と権田が嘆いた。

「わかった。まあ、反乱軍としても、カナダ軍は見逃して、自衛隊と戦った方が気が楽だろうしな。じゃあみんな！　一時間を有効に使おう。部隊再編に、陣地再構築、さらにわれわれの脱出プランの再検討だ」

　姜二佐は、そろそろボスを起こしてくるか……と、その場を離れた。


　テキサス州は、夕暮れを迎えていた。そして、スウィートウォーターは、叩きつけるようなスコールに見舞われていた。まるで竜巻のような強風を伴ったスコールだった。

この高温下では珍しくない現象だったが、それだけの雨が降っても、さして気温が下がることはなかった。

パイパー・セミノールは、四時間飛び続けて、ようやく目的地のアベンジャー・フィールドに着陸しようとしていた。その飛行場は、スウィートウォーターの西外れにあるが、かつて陸軍で、女性パイロットを養成した由緒ある飛行場だった。

だが、まず分厚い雲に妨害された。天気予報はすでになく、北米大陸上空の雲を衛星で撮影して受信しているサテライト局もない。

アマ無線で現地の人間と情報をやりとりはできるが、スコールの雲までは予想できなかった。

パイパー・セミノールは、しばらく、上空での旋回を強いられた。上から見る限りでも、ある種の竜巻雲が発達しているのはわかった。地上へ向けて、黒い筋が何本か伸びている。

これは、ただの雨では終わりそうにないな……、と後部座席のヘンリー・アライ刑事は思った。

燃料が心細くなってきた。燃料警告灯がピーピー鳴っている。日没も迫っていた。操縦桿を握るリリー・ジャクソンは、数分置きに、燃料が……、と口走るようになった。

ようやく、雨雲が去り、空港へ向かって高度を下げ始める。ワントライで着陸するしかなかった。この人口規模の飛行場にしては、立派な方だが、やはり管制塔はない。

着陸を宣言しても、応答する者はいなかった。

滑走路が見えてくると、ジャクソンは、コクピットから身を乗り出して「拙い！」と叫んだ。

アライも身を乗り出して地上を見る。路上にゴミ屑を散らかしたような光景が広がっていた。

「あれは何？　わざと置いたのか？」

交差する二本の滑走路上に、飛行機が何機も止まっている。軽飛行機もいれば、双発のビジネス・ジェット機もいる。普段、この飛行場で全く見ない飛行機ばかりだ。それも半端ではない数の機体がいた。ざっと見た感じでは、二〇〇機から、あるいは三〇〇機を超える飛行機がそこにいた。

しかも、整然と駐機してあるわけではない。絡み合い、重なっている機体もあれば、倒立している機体、滑走路上でひっくり返っている機体もある。

「ここ、滑走路以外もそこそこ舗装されていたわね？　燃料は空。荷物も私たち二人だけ。ほんの五〇〇フィートもあれば、安全に降ろしてみせる自信があるわ！」

「君は、左側を見てくれ！　俺は、右側を探す！」

パイパー・セミノールは、南側から進入した。だが、空間はなさそうだった。竜巻が通った後には、必ず破壊の爪痕を残す。だがそれはない。これは、単に強風で、避難してきた機体がことごとくひっくり返された現象のようだった。それでも、まだ火災が起こっていないのが幸いだ。こんなに密集した状況で火が点いたら、あっという間に延焼することになるだろう。

「ダメだ！——。東側は駄目だ」

「あと五分！　五分で燃料切れよ？　いや、三分かも。他に滑走路は？」

「君は絶対気乗りしないと思うけどさ——」

「ああ！　あの、留置場で貴方とすれ違う羽目になった例の農道空港？　今、どんな状態か知っている？」

「いや。あれ以来立ち寄ったことはない。路面の状態もわからない。後日に、君にアドバイスした滑走路が他にもあるけれど、ここからとなると、一番近いのはそこだ」

「行くしかないわね！」

ジャクソンは、少しパワーを戻して高度を維持した。彼女はかつて、その人里離れた農道空港を使って、中絶する女性をテキサス州からカリフォルニア州へと運ぶボランティア任務に就いていた。治安当局に逮捕された時に備えて、その頃は常時、大麻樹脂のブロックを積んでいた。大麻の密売人として逮捕された方が、後々の司法手続きが楽だったからだ。

「君、今でも、あの大麻を積んで飛ぶことがあるの？」

「最近はやめたわ。いくら何でも、それで一晩牢屋で過ごすのは変だろうという批判が出て。でも、お陰様で、あれ以来、捕まったことはない。どこだっけ？……」

「もう少し真っ直ぐ！　場所はわかっている」

日没が近いこともあり、滑走路のようなものは全く見えない。だが、アライは、その農道空港へと向けて、方位を修正し続けた。

「ほら、真正面を横切るラインが鉄道線。あれを越えた左手にちょっとした丘が見えるはずだ」

「ああ！　思い出した。あの丘の左北側だったわね」

ついに、エンジンが咳き込み始めた。

ジャクソンは、着陸失敗による火災を防ぐために、エンジンをシャットダウンして、滑空に入った。そして、何かの鼻歌を歌い出した。

「さて、お客様。不時着に備えてシートベルトをきつくお締め下さい！　貴方、宗教とかあったっけ？」

「普通にカソリックだと思うね。ご先祖が西海岸に上陸した時、改宗したはずだ。こういう時しか祈らない奴だと、天国の門で追い返されるのがオチだ……」

もう地面はほとんど真っ暗闇だった。そこへ降りていく。一回バウンドして機体は大きく跳ね上がった。

だがすぐ着地し、機体は大地を摑んだ。ガタガタ！　と大きく揺れて未舗装の滑走路跡を走り続ける。だが、最後には止まった。止まってくれた。滑走路から外れることなく、その泥だらけの滑走路跡に、パイパー・セミノールは止まった。

激しく泥を跳ねたせいで、キャノピーは真っ黒になったが、暗闇のせいで、そのことに気付くにはしばらく時間が掛かった。

まず、ジャクソンは、コクピット備え付けのLEDライトを手に取った。アライも、ミニマグライトを常時持ち歩いていた。

「大丈夫ね？」

「もちろん。見事な腕だった。正直、あんな数の飛行機が、どこから集まったんだろうと思うね」

「アマ無線や何やらで、ここは電気が生きていると全国に知れ渡っているからじゃないの。私も、それを考えるべきだったわ。デンバーの空港も似たような状況だと聞いていたのに」

ジャクソンが足下を見ながら地面に降り立って軽く悲鳴を上げた。こんな水たまりの中で、よく着陸できたと思った。だが普段乾いているせいで、さして泥濘《ぬかる》んではいない。それで助かったのだろう。

だが白い機体の胴体部分は、見事に泥だらけだった。離陸する前に、泥を落とさないと面倒なことになる。それはまた重量増になるし、最悪、上空で凍り付いて、失速墜落の原因になる。

「この辺り、誰も通らないわよね？」

「ああ、そうだね。でも携帯が……」

とアライはスマホの電源を入れて頭上にかざすが、旗は立たなかった。電波は来ていない。以前は、確実に電波が来ていたはずだ。

「十日前、強烈な竜巻が町を襲って、何十軒も家がなぎ倒された。それで、あちこち携帯のアンテナも飛ばされたままだった。ここは復旧されていないようだ」

「で、どうするの？」

アライは、電池を長持ちさせようと、マグライトを消した。西の地平線には、まだ微かに明かりが残っていた。ジャクソンもマグライトを消して、二人は暗闇に佇んだ。

パニックが収まり、アドレナリンが引っ込むと、じわじわと暑さが襲ってくる。

「なんでこんなに暑いの？　あんなに降ったのに」

「それがテキサスだよね……。まず、ここから一番近い民家まで、相当歩く。たぶん三マイルか四マイルか。そこでは、決して歓迎はされない。避難民だと思われて、ショットガンでの出迎えを受けることになる。なので、町までまっすぐ歩くしかない。道沿いに歩くと、ひょっとしたら一〇マイルくらいになるかもしれない。この真っ暗闇で。夜行性の毒蛇や、サソリは言うまでもない。コヨーテとかもいるかもしれない。もちろんどこかで携帯は繋がるだろうから、迎えは呼べると思う。それが五マイル先か一〇マイル先かはわからない」

「まさか、貴方。この証拠物件を担いで歩くつもりじゃないでしょうね？　ペットボトルの水はもう空よ？　こんなに暑いなんて思わないから、全部機内で飲み干してしまったし」

「一応、川は渡ると思うよ。たぶん濁流になっているはずだけど。銃はあるし、警察バッジもある」

「無線で呼んでみる？」

「いや。この状況になってから、署の無線機の前には、誰もいない。携帯の方が確実に繋がるだろう。何しろ小さな自治体だから、無線まで聞いているる人間は消防にもいないだろう。君はここにいても良いよ？　一〇マイル歩くにせよ、日付けが変わる頃には、パトカーで戻ってくるよ」

「散歩には連れが必要でしょう。どうせこの機体、もう誰にも盗めないし。保冷バッグを担いで、片手にゴミ袋を提げたら、いざという時、銃を持てないでしょう」

「そうかい。じゃあ、お願いするよ。この状況だと、町の状況も相当に酷いだろうね。本当に電気が点っているのか？　ひょっとしたら、また停電して、携帯の電波が通じないのかもしれない」

「いずれにしても、町に出るしかないわね。晩ご飯とか、どこかで食べられると良いけれど」

　ジャクソンは、コクピットからサバイバル・ツールを引っ張り出した。ラフトこそ入っていないが、レッドフレアにホイッスル、ライフベストと、真水の洗浄剤、賞味期限はとっくに切れた固いビスケットが入っていた。ジャクソンは、空のペットボトルと、それら必要な物をフライトスーツのポケットや自分のザックに入れ、最後にコクピットのドアを閉めた。

「雲が晴れたら、星明かりで歩けるよ。それで道はわかる」

「私たちがこうやって、夜空を見上げながら何マイルも肩を並べて歩いたと知ったら、あの子、きっと妬《や》くわよ……」

「どういえば良いのか、真剣に誰かと付き合ったことはない。自分の気持ちがわからないよ。だって、そろそろ孫の顔も見せてやらなきゃっていう理由で結婚なんてできないだろう？」

「あら、そうかしら。普通の結婚はそんなものだと思うわよ？」

　二人は、とりとめもない会話を交わしながら、夜道を歩き出した。気温は、なかなか下がらない。仮に下がったとしても、下がった分、湿度が上がるので、流れる汗が全身にべっとりと張り付いて不快この上なかった。

もし、この南にスウィートウォーターの町があるとしたら、仮に地平線上だとしても、町の灯りが見えるはずだ。だが、電気節約のために、当然、あちこち消灯しているだろう。見えなくて当たり前かもしれない。少なくとも、近くにあるはずの民家の灯りは全く見えない。避難民が近づくのを恐れて、彼らは室内の灯りが外に漏れないよう気を遣ってはいるだろうが。

電気があればあるで、この町は大変なのだろうな、とアライは思った。自分の町に帰ってきたという実感はなかった。

第五章　包囲脱出戦

西山穣一と田代哲也は、町を東西に貫く線路の北側、旧市街へとオデッセイで向かった。西山と田代が、消防隊員が撮った数千枚の写真を検証する前から、だいたい見当はついていた。

あるメキシコ料理店から食事の提供を受けていた公会堂の避難民たちが、ほぼ全員発症したことで、病原菌の特定を待たずに、事態は決定的になった。

七〇代後半の中国人夫婦が経営するメキシコ料理店が、食中毒の発生源だった。

二人は、半透明の防護衣を着て、マスクをして店内に入った。店主に挨拶して厨房へと入る。お世辞にも綺麗な厨房ではなかった。そこいら中、べっとりと黒い油が染みついていた。

「三〇年、やもめ暮らしをしている中年オヤジのキッチンみたいな感じだよな」

「どうしましょう。ここ、閉店してもらうだけで良いですか?」

「この混乱した状況がさ、たとえば、二週間後収まっていると思うか?」

「テキサス州に関して言えば、ダラスの電力さえ復旧すれば、一週間かそこいらで、ここの避難民はどこかに行ってくれるでしょう。もちろん、一週間後、今より、ここの避難民が膨れ上がっている可能性はありますが」

「そう思うだろう？　行政処分としての閉店命令は出さないにしても、一通り除菌すれば、明後日からすぐ再開できるというものでもない。だけど、この店の厨房は、避難民の食事に貢献できる。できれば、一週間かそこいらで使えるようにしたい。まずは、大がかりな掃除をして、さらに除菌。毎日、誰かがやってきて除菌と消毒。それを一週間続けて、厨房を再開させよう」

「店主のことをご存じですか？」

「いや。開店前に、何度か偵察で来たことはある。店主は、そこの公会堂で、ハリウッドから来た劇団が踊っていた時代を知っているという話だが……。掃除の人員は全部うちから出す。鍵を預かることになるが、何もする必要はない。お二人の功績を称える。ほんの一週間、店を閉めることになるが、その間、お二人はゆっくり休んでくれ。今回は、ちょっとツイてなかっただけだと言ってくれ。みんなのために尽くしたのに気の毒だ」

この店舗は、どこか日本風だなと田代は思った。昭和の時代、田舎のバス停前にあった食堂の雰囲気だった。田代自身、ドラマや映画でしか見たことはないが。メニューは、壁の黒板にチョークで書いてある。

風情があると言えなくもないが、まるで半世紀昔の日本からタイム・スリップしてきたような店だと思った。

客席に座り、気落ちしている夫妻は、二人共、補聴器をしている。長い人生の苦労が、皺《しわ》として表れていた。田代は、隣に座って世間話から始めた。ここ数日は、大変だったそうだ。素人のバイトを雇って、十日分の食材を半日で捌《さば》いて料理を作り、あちこちに配り続けた。寝る暇もなかったそうだ。

いつもは馴染みの客で持っている。儲けは出ないが、夫婦二人で食べていくには十分だったと。値段を見ると、確かにこの値付けで儲けを出すのは難しいだろう。だが、この町は、テキサスの平均で言えば貧困ライン上にある。そういう階層で持っている店らしかった。

田代は、しばらく閉店してもらうことになるが、食料の提供は一週間後も必要だろうから、店を徹底的に掃除と消毒させてもらう。その人手は、こちらで確保するから、二人はゆっくり休んでください、とやんわりと伝えた。

西山と田代は、夫妻と一緒に店の明かりを消し、店を出てドアの鍵をもらうと、オデッセイに戻った。まだ、パラパラと降っているが、夕方の猛烈なスコールは収まった。

「治安は問題なさそうですね」

「すぐそこに警察署があり、銀行、役場も、たぶん三〇〇メートル圏内だ。ここでもめ事が起きるとしたら、よそ者だろうな」

だいぶ涼しくなったと思った。気温はまだ三〇度超えに違いないが、日中の摂氏四〇度超えの気温を思うと涼しいとしか言えない。幸い、電気が復旧したせいで、皆どうにか正気を保っているが、それでも熱中症患者の処理で、救急車はフル稼働していた。

遠くで、パッパッと稲光のような瞬きが見える。銃だった。発砲音こそ聞こえてこないが、マズル・フラッシュが夜空に反射しているのだ。

町の中は平穏だが、外はそうではなかった。町へ入ろうとする避難民と、自警団はひっきりなしに撃ち合っていた。

最初は、穏便に言葉で追い返していたが、自警団はそのうち面倒になり、警告の看板を無視してバリケードに近づいてくる自家用車に関しては、警告射撃するようになっていた。

「不思議な国だ……。庶民は食い物に飢えているのに、なぜか鉄砲の弾とヤクを買う金だけは持っている。日本もこうなるかな？」

「いやぁ、日本は、現役世代からの仕送りで、ジジババが浪費するだけですよ。現役世代はその収奪に気付かず、ただ無気力に働き続けるだけでしょう」

「あんな無様な国を捨てたことを後悔したことは一瞬もない。けどまあ、アメリカで生き抜くってのも大変だよな。帰ろう。流れ弾に当たったっちゃかなわない。まだ家の中の方が安全だぞ」

流れ弾の痕跡はあちこちにあった。放置車両のフロントガラスが割れ、住宅にも飛び込んできている。行政の広報車が、窓には近づくな、普段いる部屋には、窓際に何か障害物となるものを置くようにと命じていた。

行政も警察も、今、この町に、何万人の避難民が入っているのか、正確な数は把握できていなかった。

その頃、アライ刑事とジャクソンは、未舗装の暗い夜道を歩き続けていた。ジャクソンは軍用ブーツ、アライは、一見普通の革靴に見えるデザインのスニーカーを履いていた。歩行に支障はなかったが、そろそろ水が欲しいところだった。喉が渇いた。

途中、普段は涸れ川《かがわ》の橋を渡った。すでに濁流レベルの流れはなかったが、ジャクソンが、河岸まで降りて、空のペットボトルをその水で満たし、洗浄剤を入れてみた。

洗浄剤を使ったからと言って、別に綺麗になるわけではない。殺菌されるというだけの話だ。

ジャクソンは、そのペットボトルをマグライトで透かして見た。

「どう見てもこれ、泥水よね？」

「しばらく地面に置いて、ゴミが沈むのを待つという手がある。それは、死にかけたら飲むことにしよう」

相変わらず、町の明かりは見えないが、あちこちで風車の巨大な羽が回っているのはわかった。

一時間歩いて、ようやく携帯の旗が立つ所まで出た。そこで９１１を電話してみたが、なしのつぶてだった。誰も出ない。優先回線になっているはずの緊急電話に誰も出ないというのは異常なことだった。

しばらくかけ続けた後、アライは諦めて、署の同僚の電話を鳴らした。そちらはすぐ出てもらえた。

どこで遊んでいるんだ！　すぐ署に向かえ！　と怒号が返ってきた。町の近くまで帰ってきたが、今は徒歩だと伝えると、しばらく待て、と言われた。不用意に町に近づくなとも。

その警告はすぐ理解できた。町の外で、銃のマズル・フラッシュが瞬いているのが見えるようになったからだ。悲しいことに、そこに文明があることを実感する最初の兆候は、銃の発砲だった。

二〇分後、電話があり、誰かを迎えにやるが、すぐ行けるかどうかはわからない。歩き続けろ！　と言われた。

三〇分ほど歩いて、ようやくパトカーが現れた。パトランプを点していた。そうしなければ、撃たれるからだった。だが、そのパトカーを運転しているのは、警官ではなかった。どこかで見た顔だと思ったら、署に近い銀行の行員だった。警官は疲弊し、倒れた者もいる。どうせ銀行は開いていないから、ボランティアでパトカーに乗っていると。そうやって、地元住民のほぼ全員が、何らかの形で避難民へのボランティア活動に従事しているとのことだった。

アライは、このままアビリーンまで走ってくれるか？　と尋ねた。それは可能だが、戻ってこられる保障がない。ガソリンはあるが、幹線道路の渋滞が酷く、パトカーで出ても、こっちに戻ってくるのは、明日、日が昇ってからになるだろう、むしろ、病人を運んでいる救急車に依頼した方が早いかもしれないと銀行員は答えた。あるいは、いっそ飛行機でアビリーンまで飛ぶか。

アライは、その件をジャクソンと話し合ったが、燃料が手に入ったとしても、暗い時間帯、あの路面状態での離陸は危険過ぎると却下された。

父親に電話したが、出なかった。携帯の電源が入っていないか、電池が切れたか、携帯のネットワーク自体がダウンしたかだろう。ここがこの様子だと、アビリーンの電気が復旧したとは思えなかった。あの人口で電気がないとことだ。

アライは、長いフライトと歩きで疲れた。ビールを一杯というのは贅沢だろうが、LAでは非常食しか食べられなかった。何か食事ができる場所があるかと銀行員に聞いた。

今日は、大規模な食中毒が発生して大変だったが、日本食レストランなら何かあるだろうという話をしてくれた。レストランとしての営業はしていないはずだが、あそこから配給されてくる弁当は美味いと評判で、うちも開店に融資した甲斐があった、とのことだった。

レストランまで送ってもらった。町に入る時、自警団のゲートを一カ所通過したが、まるでディストピア世界だった。ゲートの手前に、まずドラム缶を利用した篝火《かがりび》が焚かれ、弾痕の残る車が放置されている。一瞬、ハンドルに突っ伏したドライバーの死体が見えた。

Sweetwate
CITY LIMIT
POP 10
911
POLICE
SWEETWATER

阻止線の内側では、アサルトライフルを掲げた男たちが睨み付けていた。

彼らに、軍歴があるとはとても思えなかった。危険なオモチャだと思った。

ウォルマートと大病院に挟まれたレストラン前で降ろしてもらうと、アライはびっくりした。レストラン前の駐車場が綺麗に埋まっている。ほとんど南部隣接州からの避難民らしかった。

日本車も止まっている。ホンダのオデッセイが……。マグライトをナンバーに当てたら、自分の車だった。

ドアの外に、警備のつもりなのか、テーブルと椅子が出されて、その避難民らが座っている。銃は見えなかったが、たぶん武装はしているだろう。銃もなしに、こういう状況下でテキサスを走り回るのは自殺行為だった。

店内に入ると、ギンギンにエアコンが効いていた。たぶん中と外とでは、気温差は一〇度以上あるだろう。何より湿度が低いのがありがたかった。汗が一瞬で引いていく感じだった。

「ここは天国ね……」とジャクソンが言った。

西山の妻、ソユンが出てきて、「あら、刑事さん！」と呼びかけた。息子の千代丸《ちよまる》が、床板の上でミニカーを走らせて遊んでいた。

「大変な様子ですね。私の車が止まっていますが、父が御世話に？」

「ああ、その話は長いわよ！　でもお父様はお元気よ。アビリーンでボランティアをしてらっしゃる」

「お話の前に、水をもらっていいかしら？　水道水で良いですから」

ソユンがジャクソンに微笑んで応じた。カウンターの奥へ消えると、エプロンをした西山と田代が出てきた。西山が田代を紹介し、アライの車がここにある理由を説明させた。いろいろあってLAへ向かって飛んでいた避難機がアビリーンに着陸したのは良いが、足がなくて困っていたところに、父親からこの車を借り受けたと。

そして、店の奥には、もう一人意外な人物がいた。ハッカネン医師がリゾットを食べていたのだ。

アライは、少し呆然とした顔で、保冷バッグと、そのゴミ袋を見せた。

「お土産ですよ……。何から話せばいいか、とにかく、大変でした。何度か死ぬ目にも遭い――」

「陸軍選抜射撃手《マークスマン》としての仕事をしたのか？」

「ええ。その経験がなければ、全滅でした」

「なんてこったい！　まあ、飯でも食え！　リリー、君こそ大変だっただろう。アベンジャー・フィールドは、強風で潰滅状態だと聞いたぞ。どうやって降りてきた？」

「あそこに降りられなかったので、農道空港に。それも燃料がギリギリでしたけど」

二人が腰を下ろすと、西山が缶ビールを持って現れた。

「秘密のビール！　でも本物じゃない。ノンアルコールのビール。食事は、すぐ用意します」

「モッタイナイ！――」とアライが言った。

「でも、いただきます。ありがとう、ミスター」

「それで、守備は？」

西山が厨房に消え、ジャクソンが化粧室に向かうと、ハッカネン医師は話を急がせた。

「必要なものは手に入れたつもりです。血の繋がった妹がLAにいることがわかって、本人の了解の元、DNAを手に入れました。それがこの保冷庫に。そしてこのゴミ袋が、容疑者を含む様々な人間が食い散らかした後のペーパーディッシュや箸です。妹さんのDNAと繋がる人物のそれが分離できれば、どこの州だろうが、令状は出るでしょう」

「そりゃ凄いな！　トシローが聞いたら喜ぶだろう」

「あっちは携帯は通じないんですね？」

「ああ。停電してそれなりの時間が経つからな、携帯のアンテナはバッテリーが切れている。ここの電力を復旧して、アビリーンに回せるはずだったが、計算違いが生じたらしい」

「避難民のせいですね。普段よりも二倍、三倍の電力を消費している」

「そうなんだ。よそに余った電気を回す余裕がなくなった。それで、例のRHKの遺体は、ダラスの州CSI本部に送ったわけだが、何しろダラスは停電した。業務ができない状態で、今、考えているのは、ここで掘り出した遺体の一部をアビリーンの群検視局まで運び、アビリーンの電力が復旧することに懸けて、あっちで検証することだ。シーケンサーは同じだから、どこでやろうが結果は同じだ」

「渋滞しているそうですね？」

「ああ。行くのは簡単だが、戻ってくるには、凄まじい渋滞を覚悟した上で、検問の渋滞にも並ばなきゃならない。それで、私もここに留まった。病院でも飯は食えるんだが、とにかく今日は大変だった。ナース・ステーションで立ち食いする羽目になるから、逃げてきた！」

「銃創患者も多そうですね」

「銃創患者は治安のバロメーターだが、あの自警団とやらは酷いぞ。警察もお手上げだ。あんな奴らに、避難民流入阻止を任せるなら、この路上を車で埋めた方がまだましだぞ。せめて、軍隊式の規律と統制が必要だ」

「明け方には、またLAに戻ろうと思っていたんです。ここで仕事があるとは思わなかった」

「とんでもない！　ヘンリーみたいな軍歴のある警官がビシッ！　と決めなきゃダメだぞ。田舎の警察だからと舐められっ放しだ。ここは電気というか、エアコンが動いている分、よそよりはましだ。連日、華氏一〇五度超えだぞ？　一〇分、外に出ただけで目眩がしてくる。テキサスはもう、人類が暮らせる暑さじゃない」

「とりあえず、アビリーンに戻って、親父の様子を確認してきます。ついでに証拠品も届けられるし」

「いやいや、やめろ！　ここには君が必要だ。この町にな。証拠品は、急患をあっちに運ぶ救急隊に預けよう。知り合いの隊員に、確実に届けさせる。トシローのことなら心配は要らん。老いたが惚けちゃいない。空港で案内の仕事をしているそうだから、むしろエアコンが付かない自宅にいるよりは安心だろう。常に誰かと一緒だからな。昨日だったか、エネルギー省のエンジニアを護衛してここまで来たんだぞ。そのお陰で電気が復旧した」

「そうですか。ではそういう形でお願いします。とにかく、この証拠品を得るために、とんでもない危険を冒しました。容疑者とも知り合いになりましたよ。実は、銃撃戦の最中に飛び込んで、彼を助けた」

「どんな男だった？」

「善人ですよ。いつも笑顔を絶やさず、なんでも《オール》器用《マイティ》にこなす。タイプとしては、オバマに近いでしょうね。オバマ大統領が、もし東洋人だったらこんな感じだろうと思った」

「残念だが、証拠が全てだ。われわれはただ自分の仕事をするしかない」

　ジャクソンが戻ってくると、早速燃料の手配の話になった。アビリーンまでは届いているから運ばせるのは容易だし、実際アベンジャー・フィールドとの間に航空燃料を運ぶシャトル便もあるはずだが、この渋滞にはまっている。アベンジャー・フィールドへ出向いて、公権力に物を言わせてもらってくるのが一番早いだろうという話になった。

西山が料理したてのリゾットを持ってきてくれた。

「この具材を含めて、米からトッピングに至るまで、全てが、アジア各国からの救援物資として送られてきた。ほとんどは、ＬＡ経由。前々日まではアビリーンにも救援機は降りていたが、今はどうか……」

「こんなまともな食事、もう一年ぶりくらいな気がするわ」

「物資は届いているんですか？」

とアライが聞いた。

「ウォルマートで毎朝、食料の仕分けがあって、少なくとも今朝はいつもの量だった。でも、明日はわからないという話だったな」

「ここの滑走路長は、737型機が離着陸する分には十分です。現に降りていたでしょう？　あの滑走路上に散らかった避難機を片付けて、アビリーン分の支援物資もここに降ろすようにすべきだわ。逆に、アビリーンへはここから物資を運べば良い。受け入れ側に電気がないとどうにもならないわよ」

ジャクソンがそう提案した。

「それをどうやってテキサス州知事に伝える？　納得もさせなきゃならないぞ」

「私、つてがあります！」

と西山の後ろで聞いていたソユンが口を開いた。

「うちのお客様で、この数日もいろいろ御世話になったのですが、コリアン系のご夫人が、それなりに有力者で、いろんなコネを持ってらっしゃる。

たぶん、繋いでもらえると思います」

「あのさ、例のガソリン・スタンド・チェーンの親父！　コリアン系ということなら、あの人に燃料のこととかも頼めるかもしれないぞ」

西山が言った。田代を救いに向かった先で、ガス欠に陥りそうなところを助けてくれた人物がいた。

「日系人はどうなのよ？」

「最近、日本は元気がないからさ、日系人は目立たないよな……」

「とにかく、まず食べてください。それに、水洗トイレが使えるなんて、このテキサスでも、限られているから。食後のコーヒーもお楽しみに！」

食事しながら、ハッカネン医師が、大事なことを忘れていた、と報告した。スウィートウォーター警察の署長が過労と寝不足で自損事故を起こして入院中だと。

郡警察から支援をもらうしかないが、現状では、それは叶わなかったのだなとアライは理解した。

シアトルも夕暮れを迎えていた。南へと脱出したカナダ国防軍部隊の撤退を邪魔する者はいなかった。途中、マッコード空軍基地から出動した軍用トラックに乗り込み、マッコード空軍基地へと撤退していった。

原田小隊と榊小隊がそれを援護したが、妨害を受けることはなかった。

姜二佐は、恵理子を伴い、〝ベス〟の指揮所へと上がった。土門は、薬の空き袋を慌てて隠した。

「報告が遅くなりました。敵機甲中隊、緒戦は阻止しました。カナダ軍の脱出も抵抗なく完了です」

「兵隊を走らせたことをルグラン少佐に詫びとい

た方が良いな」

「それで、先ほど、シアトル在韓国総領事に捕まりまして……。一条総領事、藤原一等書記官を交えてのお話になりました」

「ここには、いったい何か国の外交官が留まっているんだ？　そもそも州知事や市長はどこよ？」

「市長と州知事は、それぞれ別の場所で立て籠もっているそうよ。二人共まだダウンタウンにいる……、とラジオでは言っているわね。ここで逃げ出したら、次の選挙で勝てないから、普通はそうするでしょう」

　と娘が言った。「ここに留まっている外交団は、もううちと、韓国だけになりました。韓国総領事は、ずっと一条総領事とお話してました」

「韓国総領事と、サシでお話しました」

　と姜が話を引き取った。

「本国政府では、日本が撤退するのであれば、退路が絶たれる前に、われわれもロスアンゼルスから撤退させてもらいたいとのことです」

「なんでだ？　ＬＡの治安回復は順調なのだろう？」

「しかし、彼らの部隊のロジのかなりを日本が負担しています。民航機が主ですが。自衛隊が撤退するということは、当然、民航機の北米支援活動も終わるという意味ですから、彼らとしては不安でしょう？」

「それはおかしいだろう。それら支援機は、まっすぐＬＡＸに降りるわけで、ここで中継するわけじゃない。シアトルを失っても問題ないはずだ。ＬＡＸで不測の事態が生じたら、韓国側が責任を持って対処する約束だったじゃないか？」

「そういうことじゃなくて、ひとりぼっちにするな、ということでしょう？」

　と娘が言った。

「LAまで下がって良いということなら、アラスカじゃなく、またLAに戻っても良いぞ。あそこの治安は良好だし、軍の反乱部隊が近づかないということなら、大歓迎だ。米政府に対して義理も果たせるし。何なら、韓国軍と協力して、サンフランシスコ解放の作戦を立てても良い」

「もし、LAXへ向かっていた民航機に不具合があったら、途中のシアトルに降りるしかないのよ?」

「シアトルには他にも民航機が降りられる滑走路は何本もある。空軍は中立だし、まさか、民航機を襲撃したりはしないだろう。せいぜい、積み荷を遣せと脅す程度だ」

「そのクルーを救出する必要があるし、そんな危険があるとわかっていて、民航機に飛べとは言えないでしょう」

「その韓国総領事は、日本側と話を詰めた上でのことなのか?」

「もちろん、率直な要望を言うなら、自衛隊に、ここシアトルに留まるという宣言をしてほしいとのことです。それで、軍も韓国国内世論も収まるからと」

「できない相談をされても困るぞ。空手形で構わないというなら別だが」

「でも、トレーニング部隊が反旗を翻しただけよね。それも撃退できたし」

「バカを言うな! フォート・ルイスには、まだ数十両の戦車が眠っている。陸自が持つ全ての武器弾薬に匹敵する量の武器が眠っているんだぞ。そんな火薬庫を抱えている場所に留まれるか? 現に今も挟み撃ちに遭っているのに。本邦外務省としての意見は聞いたのか?」

　と土門は姜に聞いた。

「はい。一条総領事の言葉をそっくりお伝えするなら、『慎重な判断が求められる』と」

「一条総領事はどこよ？　なぜここにいない？

藤原さんとやらも」

「それはまあ、こういう険しいやりとりになりますから……」

「アメリカの内戦に首を突っ込んで、自衛隊に死ねってのか？　まだ孫の顔も見てないのに！」

「それは諦めてもらうしかないわね」

娘があっさりと言った。

「妥協点はあると思うか？」

「空軍はまだ味方だと言って良いでしょう。空軍が踏み留まるようなら、しばらくマッコード基地に立て籠もるという手があります。仮に包囲されても、空軍兵と一緒に戦える」

「空軍兵だぞ。彼ら、鉄砲の撃ち方も知らんだろう。それで、立て籠もった後はどうするんだ？包囲された中で、陸軍が正気を取り戻すのを二日、三日と待つのか？　私は、陸軍が正気を取り戻す前に、空軍が腰砕けになる方が先だと思うぞ」

「その可能性はあります。ただ、シアトルへの支援物資搬入がストップすることで、シアトル市民が正気を取り戻す可能性もあります」

「この街に残っているのは、車も持たないジャンキーだけだろう。シアトルの金持ち労働者は真っ先にバンクーバーへと逃げ出したさ。で、カナダ軍はさっさと本国へ帰すのか？」

「彼らには、ここに踏み留まる理由がありませんからね。足止めする理由も思い付かない」

「ナンバーワン、君の顔には不満が出ているぞ？君自身が全く納得できていないのだろう？」

「しかし、感情で判断すべき問題でないことも明らかです」

「なんで藤原さんはここにいないんだ？」

と娘に聞いた。

「藤原さんは、ここに来て、自分の口で説明すると仰ったけれど、私がお断りしました！　あの方はあの方で、自衛隊の立場を一番よく理解してくれているのに、頑固な指揮官が——」

「そういう問題か！——。アメリカの窮状に、自衛官が十人二十人戦死することを、国内世論は容認するだろう。だが、内戦の犠牲になって百人も戦死したら、内閣は倒れるぞ？　これはそういう問題だ」

「外務省は、それはないと見ているんです」

姜二佐の中では、もう決着した話のような発言だった。

「われわれはこれまでも、窮地を凌いできた。彼らなら犠牲を最小に止めてやり抜いてくれると信じている。だから踏み留まってほしいと言外に求めているわけです。指揮官は貴方です。意見は申し上げました。決断をお願いします」


「まず、ここからの脱出が先決だ。マッコードに逃げ込む。そこでしばらく状況を見よう。ワースト・ケース・シナリオに遭遇するなら、われわれは直ちにヤキマへと脱出し、そこから本国へと帰国する。その作戦に変更はない。そのワースト・ケース・シナリオが回避された状況下で、外務省が、われわれに踏み留まることを求めるなら、これは外務省の決定だということを明白にしてもらう。現地部隊指揮官は同意しなかったが、外務省の命令に従ったと」

「はい。その辺りが妥協点だと思います。脱出作戦を急ぎます。ガル、敵に動きはあるかしら？」

「今のところ、北側の暴徒が、ラインを押し下げているだけですね。敵機甲中隊、残存部隊に動きはありません」

「では、掛かりましょう。われわれは殿《しんがり》として時間を稼ぎます」

　オキーフ少佐は、暗くなってから、明かりが漏れないよう、建物の奥の部屋へと指揮所を移動させた。〝剣闘士《グラディエーター》〟トムことトーマス・マッケンジー大佐とアラン・ソンダイク少佐が現れると、オキーフ少佐は、正面フロアの暗がりで大佐を出迎えた。

　マッケンジー大佐は、「暗いんだな……、ここは」と漏らした。

「遅くなって申し訳ない。カナダ軍の尻尾に紛れて移動してきた」

　とソンダイク少佐が告げた。

「申し訳ありません。こんな無様なことになって……」

「いやいや、緒戦はこんなものだろう。戦車があるからって、勝てるとは限らない」

「お座りになりますか？　大佐」

「いや、このままで良いよ。鈍《なま》った身体を鍛え直しているんだ。それで、ええと……、君は……」

「オキーフです。ソフィア・R・オキーフ。ネイルの妹です」

「ああ！　そうだったな」

　マッケンジー大佐は、まだ本調子にはほど遠い感じだった。

「君ら、歩兵に向かって戦車で突っ込んだんだって？　なぜそんな無謀なことをしたのだ？」

「敵を甘くみました。自分の責任です」

「いや、だってほら、そういう戦い方は駄目だろう？　ファルージャの戦いで、海兵隊がそれで痛い目に遭ったじゃないか？　立て籠もる歩兵に対しては、歩兵で立ち向かうしかない。戦車を囮として差し出すのでなければ、的にされるのはわかっている。それで敵の士気は上がり、味方のそれは削がれる。なぜ君みたいな有能な士官がそんなミスを犯したのだ?」

　マッケンジー大佐は、理解不能だという顔でオキーフ少佐を見遣った。つい昨日まで廃人同様の暮らしを送っていたにしては、指摘は正しかった。

「自分は機甲屋です。圧倒的な機甲戦力で、敵を叩き潰すことをモットーとしてきました」

「ドローン時代には、それなりに戦術も変えるしかないぞ。終わったことは仕方ない。戦力を立て直して敵と対峙するしかない」

「オキーフ少佐、せっかくですから、指揮所の皆に、グラディエーター・トムを紹介してください。士気が上がります」

　とアルバート先任曹長が言った。オキーフ少佐が大佐を連れて指揮所へと消えていく。

　ソンダイク少佐は、「それで、どうなんだ?」と曹長に聞いた。

「問題はありません。むしろ、初《しょ》っぱなで派手に殺られたことで、皆気が引き締まったことでしょう。あの自衛隊が、そこまでがむしゃらに応戦してくるなんて、誰も思わなかったでしょうから。それより、ドローンのことが気になっています。われわれは自衛隊が飛ばしているスキャン・イーグルの映像を拝借しているのですよね?」

「そう聞いている。アメリカ製だから、盗み見するプログラムでも忍び込ませてあるのだろう。日本側が気付いてないと良いが」

「今のタイプは、ターゲットを発見すると、AIがナンバーを振って自動追尾するはずです。でも自衛隊の兵士は見えなかった」

「別に不思議はないだろう。自軍部隊をナンバリングしても意味はない。それは排除できるような機能があるのだろう。気になるなら、こっちも多めにドローンを飛ばすしかないな」

「はい。今はそうしています。それで、フォート・

ルイスからの援軍ですが……」

と曹長は声を潜めた。

「引き続き工作中だ。明るい内に、ここで自衛隊部隊を殲滅できれば、勝ち馬に乗る連中が大挙出《さ》ただろうが……。いずれにせよ、カナダ軍が退がった今となっては、自衛隊も直に出ていく。バトラーが失敗した空港の奪取を、グラディエーター・トムが成し遂げたとなれば、士気も上がるだろう。それで更に味方を増やせる。君らが失った分の歩兵は、われわれが穴埋めできる。それで押し潰せば良い」

「それで上手く行くと良いですね。どうもこういう貧者の戦いは苦手です。われわれの戦争はやはり、中国やロシアの大国相手のドクトリンですから」

「同感だ。正直、カナダ軍相手にもどうにもうまく行かないと思ったが、われわれは貧者の戦い方を長らく忘れていたということだろう。空港を奪ったという事実は残る。素人軍隊相手に、一瞬で何両も戦車を失ったという事実は、歴史には残さないさ。われわれは、勝者として、歴史を上書きすることになる」

「そう願いたいですね……」

こんな体たらく、二度と教導部隊なんて名乗れないぞ、というのが曹長の率直な感想だった。だが、マッケンジー大佐が現れたというだけで士気は回復するだろう。装備は、依然としてこちらの方が上なはずだ。暗闇の戦いでも勝てる自信はあった。

後藤隊長は、綺麗に片付けられたテーブルの上に立った。国際試合に挑んだ後の日本チームの控え室のように、綺麗に掃除せよ！　と命じた。残念ながら、その机に飾る花と感謝の言葉はなかったが。

「みんな、出撃準備は整ったな。以降の通信・指揮は、〝ベス〟に於いて姜二佐が預かる。とにかく、デモイン・クリークをなんとしても突破しろ。常に、東西南北の確認を怠るな。今夜は星空だが、星は頼るな。磁石を使え。前後左右の味方、バディを確認し、脱落者を出すな。ただし、脱落した場合でもパニックは起こすな。脱落者が出ることは大前提の作戦であり、ピックアップ・ポイントに味方が潜んでいる。地図を確認せよ。ピックアップ・ポイントの目印を、指揮官が命じたとおりに記したか確認せよ。そのコピーは、奪われることも前提だからな。その場合は、敵は、こちらの罠にはまることになる。509号線南、もしくは516号線まで辿り着けば、たとえ敵機甲部隊が追い掛けてこようが待ち構えていようが、味方増援部隊がが対処してくれる。われわれが安全圏に脱出するまで、最低七キロは走ることになるが、諸君らの体力なら問題ない。われわれは任務の大凡《おおよそ》を達成し、マッコード空軍基地まで撤退する。では諸君、〝あみだくじ作戦《ゴースト・レッグ》〟開始だ！——」

姜二佐は、インカムにウォーキートーキーも二つ持っていた。

「しかし、空港ってのは普通、水はけ用のお堀とかで囲んであるものだよな。そこを伝って脱出できるかと思っていたのに」

と後藤が姜相手に嘆いた。

「ここは、空港全体を嵩上げしてありますからね。もともと高い土地だったのか……」

「援護をよろしく頼む。陸将補を連れて、無事に脱出してくれ。起きてらっしゃるの？」

「ええ。残留を巡って、いろいろとご立腹なやりとりになったので。それに、後藤連隊長に全て任せて問題ないだろうと」

「では、マッコードで待っている。ルグラン少佐は残ると言っているが、良いんだね？」

「はい。本人の希望ですから」

「外交官も守って逃げなければならないし、それも含めて任せるよ。しかし驚いたね。外交官が最後まで踏み留まるなんて、まるで外務省から自衛隊に差し出された人質だ」

　水機団連隊の隊員がフル装備で出ていく。何人かの脱落者は避けられないだろう。そしてたぶん、その全員をピックアップすることもできない。事前に、ピックアップ失敗時のエスケープ・プランや代替案は隊員らで話し合っていたが、しばらくは、どこか個人の住宅にでも押し入って、状況が改善されるまでじっと待つしかない。それが一番安全だろうという意見が支配的だった。

　正規軍部隊と戦っているとはいえ、ここは敵地というわけでもない。運を天に任せるしかないかもしれない。あるいは、事前の取り決め通りで、われわれが救出に向かえるかどうかだ……。

　姜二佐は、〝ベス〟に乗り込んだ。外務省の三人、ルグラン少佐、コスポーザ少佐に、パラトク捜査官も詰めていた。

「後藤さんは、何だって？」

　と土門が姜二佐に聞いた。

「ご無事を祈っていると。キム中佐と、チェイサーの面子は？」

「すでに脱出待機中だ。スリンガーが守ってくれるだろう」

　クアッド型ドローンが、アラスカ航空のハンガー脇を抜けて、滑走路下をくぐる道路へと進む水機団連隊を捕らえていた。対戦車ミサイルがあちこちで警戒に当たっているし、いざとなれば、こちらからスイッチ・ブレードを発射する準備も整っていた。

「この〝あみだくじ〟とかいう作戦名、また居村さんが考えたの?」

土門が待田に聞いた。

「いえ。あみだくじ作戦ではなく、英語で、ゴースト・レッグ作戦と呼んで下さい。これは、後藤一佐です。幕僚スタッフに数学屋がいるそうでして、オペレーションズ・リサーチの結果として、この作戦は必ず上手く行くからと」

「この暗闇で同士撃ちする羽目になるんじゃないのか?」

「進撃する部隊が、ルートをミスらなければ、その心配はないらしいです。それに、われわれには合い言葉だってあるじゃないですか? 山! 川!――と」

実際は、シグナル・クリッカーを使っての合図だが、そんなものを使っている精神的な余裕があるかどうか。

「原田小隊、榊小隊、予定位置への前進を開始しました。あと、北はヤバイですね。空港北東のエア・カーゴ・ロードに取り付きつつあります」

堂々と、ヘッドランプを点した車列が向かってくる。それらの車両を足止めするために、道路上には、対テロ対策用のバリケードが築かれていた。撤去は可能だが、ブルドーザーなどの重機が必要で、しかも暗闇での作業には、時間が掛かるだろう。そこから先は、徒歩で前進するしかなかった。広大な空港では、そのバリケードからここまで、まだ二キロ以上はあった。

「ではそろそろ、アンビリカル・ケーブル切断!〝ベス〟も出撃します」

と待田が腰を上げた。

「そのケーブルを切断して外に出ると、この車が電波を出していることは敵に丸わかりになるわけだよな?」

と土門が。

「いえ。時間稼ぎする手立ては打ってあります。空港内の無線LANシステムをMANET代わりに借用して、外に出ても一定時間は、われわれは単に、空港内ネット利用者として偽装できます。直接衛星とやりとりするわけではありません。敵に無線傍受部隊がいたとしても、われわれの存在に気付くには時間が掛かるでしょう。もっとも、スリンガーを同行させるとなると、バレバレですけどね」

待田は、いったん〝ベス〟を降りると、車体のポートから伸びていた光ケーブルと、空港自家発電装置へ繋いだ電源ケーブルも抜いた。こんな髪の毛ほどの細いガラス・ケーブルが、一個連隊プラス・アルファの通信を全て処理できる時代になった。驚異的なことだった。

〝ベス〟の用意が整うと、スペンサー・キム中佐は、シボレーの大型バンの運転席で、暗視ゴーグルを頭から被った。

建物の中にすでに明かりはなかった。少年らは、それぞれの席で待機している。

クインシーの高校にあるドローン・クラブ〝チェイサー〟の部長タッカー・トリーノと副部長のベッキー・スワンソンは、ルーフを開けて待機していた。

「そのスリンガーって、〝シェブロン〟みたいな高速ドローンも撃墜できるの?」

「問題ない。自衛隊がやったみたいな欺瞞方法に対するプログラムも入っているそうだから、たぶん君らの出番はないと思うな」

「あのさ、シアトルで開かれる僕らの競技大会には、陸軍からのリクルーターも来て、実際に、ドローン・パイロットとして軍隊入りした人間もいるという話だよ。そんな凄腕パイロットがいたら、どんな離れ業を使ってくるかしれない」

「だとしても、狙うのは、こんな大型バンじゃなく、指揮通信車両だよね？」

「それだと助かる。真っ直ぐ向かってくる相手を狙うより、角度がずれた相手にぶつける方が楽だから。でも中佐こそ、こんな大きなバンを運転したことはあるの？」

「ないね。正直言うと、自衛隊に頼みたかったけれど、彼らの仕事を増やしたくなかったから。でも、時速一〇〇マイルで突っ走れというわけじゃない。ただスリンガーについていくだけなら、何とかなるよ。あの車体はトップヘビーで重たいから、速度は出ない。でも、今のうちに謝っておくけれど、脱出できるうちに、君らを脱出させるべきだった」

「どこへ？　ルイス・マッコード基地は敵らしいとなったら、あの状況だと、ヤキマ方面への脱出は無理だったよね。日本の軍艦に乗せてもらって、バンクーバー島に降ろされても、あそこからの帰りは大変そうだし」

「新大統領は、常識人なんでしょう？　上院軍事委員会にも長くいたらしいし」

膝の上にクアッド型ドローンを抱いたベッキーが言った。

「ニュースがないのは辛いね。ＢＢＣの短波放送で、その人となりを推測するしかない。まあ、常識人らしいけど。少なくとも、トランプやバトラーよりはマシだろう。国民が望むのはそこだから」

〝ベス〟のエンジンが掛かり、一瞬ブレーキ・ランプが点灯したが、すぐ消えた。ここからは、自衛隊の軽装甲機動車を先頭に、防空ユニットのスリンガー、そしてチェイサー・チームの逃避行になる。

水機団の歩兵が、敵の注意を惹き付けてくれるだろうから、空港脱出自体は、支障はないとされていた。

キム中佐には、それが希望的観測に過ぎないとわかっていた。ウイルス対策ソフトをインストールしているから、このパソコンは安全だと勘違いするようなものだ。

第六章　ゴースト・レッグ作戦

　アライ刑事は食事の礼を言うと、ジャクソンを助手席に乗せてオデッセイを走らせた。アライの愛車には、パトランプもあれば、警察無線も付いている。ないのは拡声器くらいのものだ。そして、トランクにショットガンやアサルト・ライフルはなかった。

　いったん署に顔を出したが、ここも、ボランティアが詰めているだけで、署員は出払っていた。自分のガン・ホルダーを装着し、武器庫を開け、ショットガンとアサルト・ライフル、白抜きで胸と背中側に「POLICE」と描かれたプレート・キャリアを装着した。

　ジャクソンも暇だからと、手伝ってもらうことにして、同じ格好をさせた。軍隊経験のあるなしが、今は重要だった。

　車に戻り、町の東へと走った。84号線から別れて北へと向かうジャンクションがある。

　ここにも、何カ所か自警団の検問が設けてあり、一番東の分岐手前に、最初の検問、地元警察が設けた検問があった。

　パトカーのエンジンが掛けっぱなしで、ヘッドライトが路面を照らしていた。車が突っ込んでこられないよう、どこで調達したのか、コンクリート・ブロックが並べられ、減速を強制するS字カーブが作られていた。そう意味があるとは思えなかった。道路脇は、ただの野原だ。ガードレールがあるわけでもない。道路を外れて走れば検問の突破はできる。

それに備えて、ジャンクションを横切る橋の上に、ライフルを持った自警団が待機している様子だった。

アライ刑事は、ペドロ・ガルシア副署長に、「忙しそうだ……」と声を掛けた。

「収穫はあったんだろうな?」

とガルシア副署長は疲れた声で尋ねた。

「ええ。そのつもりです。ここは、酷そうですね
……」

アビリーンから、ずっとヘッドライトの明かりが繋がっている。地平線まで渋滞していた。

「ここでドライバーを誰何《すいか》して、何か意味があるんですか?」

「まず、スウィートウォーターの町には入れないことを警告する。ここから北へちょっと走って、どこかの側道から入ろうとすると、気の荒い自警団が銃弾で歓迎してくれる。ほら、あんたたち、あそこで瞬いている光が見えるだろう? あれは雷じゃなくて、自警団が町へ入ろうとする車に向かって発砲している光だ」

「コントロールができてませんよね? 自警団は勝手気ままにぶっ放している」

「そうだ! 車を捨てて、ホールドアップしてくる親子連れに向かって撃ちまくる連中だぞ。関わりたくもない!」

「しかしこのまま放置すると、彼ら、地元当局を越えて自治を宣言するかもしれませんよ? 今のうちにコントロールした方が良い」

「なあ、ヘンリー。昔は、右を向いても左を向いてもみんな軍隊上がりだった。俺の親父の世代は

みんなそうだった。ところが、徴兵忌避した奴が大統領に就任するようになってから、軍隊上がりなんて探さなきゃいない。ここの治安はもう駄目だぞ。さっき、アビリーン警察から応援要請が入った。こっちはこの二四時間、そのアビリーン警察に応援要請を出し続けているというのに」

「署長の具合はどうなんですか？」

「たいしたことはない。ただの居眠り運転だ。対向車を避けようとして竜巻後の瓦礫の山に突っ込んだ。シートベルトをしていなかったらしく、顎の骨を折った。ずっと寝てなかったから、入院させた。俺は、とにかく、自警団には関わり合いになりたくない。お前、アイディアがあるか？」

「彼ら、武装しているから、こちらも人数を揃えて挨拶に出向くしかないですね。地元民でまず自警団を編成し、検問所の指揮は、地元民に委ねる。発砲命令も含めて」

「あいつら、鼻で嗤うぞ？　銃の引き金に指を掛けたまま、お前さんのありがたい話を聞いてくれるだろう。その後のことは知らん」

「このまま見逃すのですか？　過剰防衛どころじゃない。たぶんそこいら中でただの殺戮が行われている」

「夜明けまで待て！　この暗がりで、ひとり警察だけが正義を通そうとしても無駄だ。明るくなって、銃撃戦になっても勝てる体制を整えてからにしろ。命令だ。あいつらが暴れたからって、皆殺しにはできないだろう？」

「それはそうですね。じゃあ、自分はどこに配置に就きますか？」

「俺たちの苦労を少しは分かち合ってもらおう。路上に出て、一台一台のぞき込み、スウィートウォーターは封鎖されている。素通りするか引き返すか？　脇道から街に入ろうとしたら、武装集団が容赦なく撃ちまくってくる。警察はもうコントロールできないと説いて回れ。君は東洋人で当たりも柔らかいから、説得力があるぞ」

「撃ってくる奴はいませんか？」

「ダッシュボード上に置いたピストルに視線をくれた奴はいたが、ここじゃ蜂の巣にされるとわかっているから、撃たれる心配はそうないだろう。ただ、暑さから逃げてきた連中だ」

「わかりました——」

アライは、副署長にジャクソンを紹介した。いつか、麻薬の過剰所持容疑で逮捕されて留置場に入ったが、速攻、ダラスから来た弁護士に釈放された人間で、あの時は黙っていたが、軍隊時代の同僚だと。

ガルシア副署長は、ややこしい話だろうから、それ以上は聞きたくない、一人で行ってこい！

と命じた。


アライは、右手を腰のピストル・ホルスターに宛てがい、左手でマグライトを持って歩いた。後ろに、ショットガンを構えたジャクソンが付いてくる。道路脇で、何かがキラキラ反射していた。最初はガラスか何かかと思ったが、それは投げ捨てられた大量のペットボトルだった。中にはどれもそれなりの量の液体が入っている。透明な水ではなかった。

この騒動が片付いたら、いったい誰がこれを回収するのだろうかと思った。

「LAも相当酷かったけれど、ここも凄いわね……」

とジャクソンが言った。しかも、路上で踏み潰されたペットボトルもあり、ほんのりと臭いも漂ってくる。

足下を見て慎重に歩いた。

「これ、わざと路面に投げつけたのよね？」

「そうだろうね。むしろそれで逮捕されれば、エアコンが効いた留置場に入れる。この暑さから逃れるためなら、人殺しでもしかねないな……」

渋滞にはまったせいで、エンジンがオーバーヒートして白煙を出している車もあった。今は夜だからまだましだが、これが昼間なら、灼熱地獄に放り出される羽目になる。

だからと言って、そういう避難民を受け入れるわけにもいかない。みんなが真似をし始めるだろうから。

「ねえ、その大事な品物を持って、明日朝一でデンバーに飛ばない？　あちらでも検査できるでしょう」

「デンバーも、連日猛暑だと聞いたような記憶があるぞ。それに、ここがこの状況なんだ。向こうだって、避難民でごった返しているさ」

「向こうの方が少しは涼しいし、テキサスより客層はよさそうじゃない。少なくとも、避難民同士で撃ち合うようなバカは限られると思うわよ。ここからだと、LAよりデンバーの方が近いし」

「ああ。電気がないダラスでできない検査は、同じく停電しているアビリーンでもできないんだけどね。そんなに急ぎの案件でもないんだが……。あそこの最初からデンバーに飛ぶべきだったかな。あそこのCSIの協力を得られたかもしれない」

急ぐべき案件だろうか？　カリフォルニアの状況は急ぐかもしれない。彼は日々、住民の支持を集めている……。

アビリーンの停電は計算外だった。ここスウィートウォーターの電気が復旧したなら、すぐアビリーンまで電気を回せると思った。アビリーンですら電力の復旧が無理なら、ダラスの復旧はさらに遅れることになる。

町外れからまた銃声が聞こえてくる。ライフルの銃声だった。ライフルと、たぶんピストルで撃ち合っている。町へ入ろうとした側が反撃したらしかったが、その銃声はすぐ収まった。

だが、それが警告になったのか、渋滞にはまっていた何台かが、Uターンを始めた。三〇マイル戻ってアビリーンにたどりついたところで、向こうも街の中に入れてくれるかどうかはわからなかった。

やはり電気は偉大だ。特にこの暑さでは、人々はエアコンが動いている世界を求めて走り回っていた。

シアトルでは、空港を放棄した水機団部隊が、空港南西エリアへと進撃していた。全員が暗視ゴーグルを装備していたが、バッテリーが勿体ないので、分隊長が使う程度だった。

皆、夜目で移動していた。バディを組み、ルートをロストしないよう進んだ。空港支援施設が拡がるエリアを素早く抜けて住宅街へと入った。

ここシアトルでは、高級住宅街というほどではないが、それでも、車が最低二台は入る大きなガレージに庭付き。そして住宅街の道路は、どこも路駐できるだけの幅を持つ。日本人から見れば、立派な高級住宅街だった。

今は、どこも荒らされ、住民の姿はない。時々、まるで親の仇みたいに派手に荒らされている住宅があった。あらゆる家具が庭に投げ捨てられている。

あと一歩で、ここの住民らは、戻ってこられたのにと思うと、少し複雑な気持ちになる。

コピーした地図の指示通りに移動できているか不安になるが、時々、味方部隊とすれ違い、その度に互いの位置を確認しあった。部隊は、まるであみだくじのように、複雑なルートを取って南下し続けていた。

対するオキーフ少佐は、ドローンの映像を見下ろして、首を傾げていた。

「いったい、これは何？　空港を脱出して逃げているはずの彼らは、どうしてまっすぐ走らないの？　何をやっているの？」

「われわれを誘き出して、時間稼ぎしているのかもしれません。少数ですが、南の方に別働隊もいるようですし……」

アルバート先任曹長は、それより、最後に逃げ出しただろう大型車両と防空ユニットが気になっていた。ミサイルの類いは装備していない。四輪装甲車に、ただ対空機関砲を載せただけの代物だ。スティンガー装備のこちらのM‐SHORADほどの能力は持たないだろうが、気になった。

ドローンの攻撃編隊を向かわせ、足止めすることにした。それに続く大型コンテナ車こそは、噂の指揮通信車だろう。あれは必ず葬らねばならない。スイッチ・ブレード600の発射を命じた。

外交官三人、一条、藤原、恵理子、そしてパラトク捜査官の四人は、作戦用テーブルを囲んで座っていた。FASTヘルメットに、プレートキャリアの防弾チョッキを着ていた。トレーラーが揺れるので、テーブル下に設けられたハンドルを握っていた。

一条と藤原は、少し蒼ざめていたが、恵理子は、モニターアームを起こして、ドローンの映像を眺めていた。スキャン・イーグルとは別のクアッド型ドローンの映像だった。

〝ベス〟がルーフに装備するAESAレーダーの火が入ると、その情報がモニターに上書きされる。無数の敵味方のドローンが飛び交っていた。

そのうちの半分がこちらに向かってくる。そりゃ、目障りよね……、と思った。

「スターストリークを使うか？」

「いえ。オーバーキルです。スリンガーで間に合うでしょう。あれ、どんどん学習してますからね」

土門の問いに待田が答えた。スリンガー防空システムは、アダック島の戦いでもＡＩが学習し、迫撃砲弾まで撃墜できるまでに進化していた。

「二両とも持ってくるんだったな……」

「そうですね。こんなことになるとわかっていれば」

一両は、エルメンドルフに置いたままだった。ハウケイも、搭載するスリンガーも、システムとしては最小構成の防空ユニットだが、それでも光学センサーにレーダー付きだった。搭載している三〇ミリ・ブッシュマスター砲は、Ｍ・ＳＨＯＲＡＤと同じものだ。同じエアバースト弾を撃ち出す。

ブッシュマスター砲が火を噴き、真っ直ぐ向かってくるドローン四機をまず叩き墜した。走りながらの発砲だった。続いて向かってくるスイッチ・ブレード二機も難なく叩き墜す。呆気ないほどの幕切れだった。

「アメリカに貧者の戦いは無理だな……」

スイッチ・ブレード一発が、真っ直ぐ地上に墜ちて派手な爆発を起こした。

「そのまま水機団の側面支援に回ります」

「まさか、たった一両の防空ユニットで、部隊を守り切れるなんてことはないよな？」

「そんなに都合の良いことは起きないでしょう。ただ、どうも米陸軍は、防空ユニットを潰す手立てを持たないようですね。彼ら、戦車で潰せば良いと思っているかもしれない」

「そんなはずはないわ！　あまりにも単純すぎ

る」

　と土門の隣で、姜二佐が身を乗り出した。

「ガル、〝ベス〟は走行中でもEOマストを出せるわよね？」

「あまりお勧めはしませんけど、出せます！　えぇ——」

　姜は、最前列の指揮官居室へと走ると、右側に走るパイプに付いたハンドルをぐるぐる回した。パイプ内に収納されている光学センサーが、ルーフから上へと伸びていく。

「せいぜい一五〇センチで止めてください！」

　と待田が叫んだ。EOセンサーの電源が入り、待田が自動スウィープ・モードにする。光学カメラが、三六〇度回転し始めると、すぐそれは見つかった。車列のすぐ後ろを向かってくる。一瞬、車が走っているように見えたが、間違いなくドローンだった。オクトコプターの攻撃型ドローンだ。

「高度が低すぎてレーダーには映らない！　たぶん、地表一メートルもない高度を飛んでますね」

　姜二佐は、後ろへと走った。ハッチ横の銃架にベルトで止めてあったベネリのM4ショットガンを手に取り、ハッチを開け放った。真後ろに、キム中佐が運転するシボレーの大型バンがいた。

　キム中佐は、姜がショットガンをこちらに向けていると気付いて、「拙い！」と叫んだ。

「真後ろにドローンがいるぞ！」

　ハンドルを少しだけ切って、射線を開けてやったが、引き金を引けるほどの射界の確保は無理だった。

　だが、ベッキーが反応した。ルーフからドローンを投げ出し、ゴーグルを被った。

「見える！　この高度は、オートパイロットね。ぶつけます！」

　ベッキーは、クアッド型ドローンを真正面から突っ込ませた。だが、相手はひらりと躱《かわ》した。

「え？　何これ？　人が操縦しているの？……」

ベッキーが、必死にそれを追い掛ける。二機は巴戦《ともえせん》に入って交錯し始めた。

「こっちで挟みこむぞ！」

とタッカーも自分の機体を飛ばす。

「ベッキー、ダブル・バーガー戦法だ！」

二機のドローンで、上と下から挟み込もうとしたが、相手のドローンは、上下反転しながら、するりとその包囲を抜けて向かってくる。

姜二佐が、後部のラダーを半分上って右手だけでベネリを構えていた。

コスポーザ少佐がハッチから顔を出してキム中佐に視線を送り、指を五本見せている。何をすべきかは明らかだった。

「二人共、三、二、一で、距離を取れ。ハンドルを切るぞ……」
三、二、一！　でハンドルを切った瞬間、二人は機体を左右にブレイクさせた。同時に姜が引き金を引く。敵ドローンは、地面に転がって爆発した。それなりの量の爆薬だったらしく、爆風が車体後ろを押した。
タッカーは、自分の機体をルーフから車内に戻した。

「あれは、〝変異体《バリアント》〟だぞ！――」

「本当に？」

ベッキーが高度を少し取って周囲を警戒しながら聞き返した。

「間違いない。あの躱し方は、バリアントが編み出したもので、彼しかできない技だよ。僕も動画で見ただけだけどね。あの高度で車両を追い掛けて、僕らの二機を相手に空中戦をやってのけられるのは、少なくともシアトルじゃ、バリアントしかいない。軍に入ったのか……」

「誰？　そのバリアントって？　有名人なの？」

「シアトルの競技大会で、チェイサーが毎回トロフィーをかっさらっていくようになる前、個人部門で毎年、優勝していた人。会ったことはない。僕らよりだいぶ先輩だったから。アジア系という話で、ハイスクールの後、どうしたかは聞いてないな。パイロット教官の傭兵として、ウクライナに旅立って戦死したんじゃないか？　という噂もあったけど。彼がいたチームというか学校自体は、言っちゃ何だけど、そんなに偏差値が高いわけでもなく、もちろん金持ち学校でもない、平均的な公立学校で、クラブ活動自体、そんなに盛んじゃなくて、団体競技としては、全く駄目な学校だったらしい。だから彼は、個人部門でしか勝てなかった。気の毒だけど」

「名前がわからないんでしょう？」

「そう。なぜか彼は、自分の名前を大会の記録に残すことを拒否して、いつもバリアントというニックネームで受賞していたらしい。まさに〝変異体《バリアント》〟だよ。異能なパイロット。彼にとっては、最高の職場を見付けたわけだ」

「いやぁ、それはでも困るぞ。地表を舐めるように飛んでこられたんじゃ、レーダーも役に立たない」

「大丈夫。しばらくは私たちが上空から見張りますから」

「よろしく頼む」

キム中佐は、〝ベス〟と少し距離を取って走った。〝ベス〟の光学センサーに視界を確保させるために。

姜二佐は、ショットガンをまたハッチの内側に留めると、指揮コンソールに戻った。

「凄いな。スイッチ・ブレードを二機も囮に使ったのか？　さすが米軍さんだね。お金持ちだ！」

と土門が感心して言った。

「ガル、オクトコプターが、上空のドローンから見えないのは拙いわよね？」

「あの高度だと、仕方ないと思いますよ。ほとんど海底の砂の中を這うエイですよ。見付けようがない。でも、あれはAIとかじゃなく、人間の操縦だった。あの少年達が手こずるほどの腕の持ち主だ」

「引き続き警戒しましょう」

「さあ、水機団の援護に戻るぞ！」

だが、不思議だった。今度は戦車が出てこない。装甲車も出てこなかった。懲りたのか、戦術を変えたのか。

第3機動連隊の指揮所要員は、それなりの大所帯だった。重たい通信機を担いでいる隊員もいれば、軽MATを担ぐ隊員もいる。一番重たい荷物を持つのは、迫撃砲小隊だ。三六キロもある81ミリ迫撃砲を運んでいた。さすがに隊員自身では担げない。自衛隊最強の運搬手段、リヤカーに載せて運んでいた。リヤカー自体は折り畳みができるので、小型ヘリでも運べる。何でもこなす器用な装備だった。

指揮所要員は、その迫撃砲小隊も守らねばならなかった。

後藤一佐は立ち止まり、輝度を落としたタブレット端末で、自分の位置を探した。

「さっき、教会を通ったよね？」

「そうですね。予定通りです」

と権田二佐が応じた。

「しかし、この辺りの戸建ては、今通ってきた所より、明らかにでかいよね。この家なんて、アメ車が三台も入る幅のガレージだぞ。はあ……、日本はついにここまで豊かになれなかったな……」

「そうですか？　われわれが縁がないだけでしょう。しかし、米軍、出てきませんね……」

「いやあ、今頃、阻止線を張っているさ。今度は、兵隊を中心にしてな。西へ六〇〇メートルで509号線か。遠いな……」

「はい。実際は、一キロは走ることになりますから」

「81ミリ、捨てた方が良かったと思うか？」

「彼らにもプライドはありますから。連れていくというのは止められませんよ。それに、道路移動です。一部、林の突破はあるにせよ」

「よし、行こう！　敵がこちらの作戦に乗ってくれれば良いが……」

指揮所要員は、しばらく南へ走った後、九〇度方位を変えて、西へと走り出していた。

グラディエーター・トムことマッケンジー大佐とソンダイク少佐は、ドラグーン装甲車のキャビンにいた。随伴歩兵訓練教官を務めるロバート・サハロフ陸軍少佐の指揮車だった。

三人は、タブレット端末の暗視映像を見て首を捻り続けていた。

「彼らは、どこへ向かっているんだ？　海なのか、それとも、タコマというか、マッコードなのか？　この脈略のない移動はいったい何だ？」

「海岸線はありませんね。海沿いには道路がない。川が何本もありますから、海岸へ出ても身動きがとれなくなるだけです」

サハロフ少佐が説明した。

「だが、南へと下るなら、まっすぐ走った方が楽だろう？　でなければ、われわれに阻止ラインを構築する余裕を与えるだけだ」

「そうですね。デモイン・クリークに阻止線を張りましょう。ここがベストです。森と川。そこから前に出ての住宅街での戦闘は、出会い頭になり、同士撃ちの危険が高まります。敵がせめて一方向に向かっているならともかく」

「そこまで展開する時間はあるんだな?」

と大佐はサハロフ少佐に聞いた。

「はい。十分にあります。兵力では、五分か向こうが少し多いかもしれませんが、待ち伏せなら、われわれに勝機がある」

「よし、クリークで迎え撃とう。敵が先に着く可能性はないな?」

「例の大型指揮車両はだいぶ後ろにいます。彼らが急いで突破するようなら、あの指揮通信車両を置き去りにすることになる。それはないでしょう。あの車両が背後にいるところからも、彼らが急いで強行突破する意志はなさそうだとわかります」

ソンダイク少佐が、同意する印に頷いた。

「よし、それで行こう!——。だが警戒は怠るな。彼らは手練れな歩兵だぞ」

サハロフもソンダイクも、何か大がかりな戦術的欺瞞に遭遇している予感があったが、その欺瞞の目的がわからなかった。


一個小隊を率いる原田拓海三佐は、連結型指揮通信車両の〝メグ〟&〝ジョー〟の〝メグ〟を、509号線に沿うボート・ハウスに突っ込ませていた。上空から見たところでは、似たような大型トレーラーが二、三〇台停まっている。海岸線から三〇〇メートルの位置で、トレーラー・ハウスかと思ったが、コンテナ型の倉庫を兼用している様子だった。

それらに紛れ込ませ、車両を突っ込んで、すぐエンジンを切った。全てのシステムをバッテリー・システムに切り替え、通信アンテナは、ケーブルを引っ張って一〇〇メートル離した。それで、

〝メグ〟の熱反応も電磁波反応も消せる。

指揮通信コンソールに就くのは、姜小隊のＩＴ担当、〝リベット〟こと井伊《いい》翔《かける》一曹だった。井伊は、この車両で、ずっと榊小隊を支援していた。

その榊は今、ハイエースを改造した都市型指揮車両〝エイミー〟に乗り、彼らより前に出ていた。

モニターには、市ヶ谷でコントロールするスキャン・イーグルの映像も映っている。相変わらず、〝ラプラシアン〟によって生成ＡＩされたデータが送られてくる。敵の居場所が不自然に消してあった。ところが、その〝ラプラシアン〟が見ている映像自体が、すでに加工されているのだ。ややこしい話だと原田は思った。

「この〝ラプラシアン〟って、本当に人間が動かしているの？　さすがに気付くだろう？　自分も欺かれていることに」

「高度な生成ＡＩなら、任せっ放しかもしれませんよ。結果として、味方が勝てばいいんですから」

「フォート・ルイスで暴れ回った例のロシア人傭兵部隊が出てこないのはなんでだろうな」

「向こうが忙しいからでしょう。指揮権を取り戻そうとしている部隊上層部と睨み合っているか、あるいは脅している最中か、上手く運んでいれば、増援部隊が戦車の隊列を作って基地を出てくるはずですが、そうなっていないのは、反乱は、現状規模で抑えられていることになる」

「これで収まるかな……」

「自分はそうは思わないですね。日本人は判官贔屓《ほうがんびいき》だけど、アメリカ人ってほら、勝ち馬に乗るのが好きですよね。勝ち馬に乗るのが上手い。だから、今はどっちつかずなだけだと思います。引き続き、後方に警戒します。われわれはちょっと、マッコードから出過ぎですから」

「Ｍ‐１戦車、どこに消えたと思う？　ストライカー装甲車も、それなりの数がいない」

「彼らが潜んでいた巨大倉庫街は、デモイン・クリーク沿いにあり、兵士はクリークのトレイル沿いに移動できるから、車両は要らない。土門隊長ならどうすると思います？」

「あの人なら、三手先までは読むだろう。阻止に失敗して、追い掛ける手立てを講じておくね。マッコード基地まで、六〇キロはある。彼らが、後退するカナダ軍を邪魔しなかったのは、隣国への情けじゃなくて、われわれを油断させるためで、トラックで逃げるわれわれを背後から戦車で追い掛ければ良い」

「やっぱり、そうしますよね」

「〝メグ〟は出し過ぎたかな。仮にこちらの作戦が成功しても、残存部隊は残るだろうし、彼らとは無関係に、戦車が出てくるかもしれない」

「さすがに、歩兵随伴なしの戦車は出さないでしょう。手は打ってあります。何とかなりますよ」

森の中を移動する敵、アメリカ陸軍部隊の兵士は、ドローンのカメラに見え隠れしていた。デモイン・クリークは、シアトル空港南端から海岸へと延びている森で、途中には滝もある。住宅街を貫くクリークには、トレイル・コースも作ってある。アメリカ軍は、そこで水機団を迎え撃とうと布陣を始めていた。

その水機団の方は、あみだくじみたいな奇怪な動きで、なかなか南下しない。その更に背後から、土門らが乗る殿部隊が、車両移動してくる。

バトラー軍の一部が、空港西側へと迂回し、その殿部隊に迫っていた。509号線を、二〇台ほどの車両が真っ直ぐ南下してくる。彼らは恐らく、殿部隊ではなく、水機団本隊を狙っているのだ。

南北から挟み撃ちにする作戦だろう。

「これは、環境破壊ですよね？……」

と井伊がふと言った。

「そうだね。でも住宅街でやるよりはいいさ。自然は再生するし」

倉庫街から、再びドローン編隊が上がっていた。

土門は、〝ベス〟のレーダーでそれを見ていた。

「スリンガーの射程外だが、これは攻撃用ドローンか?」

「速度からしてそうですね。迫撃弾、一二〇ミリRTクラスの爆弾装備でしょう。スターストリーク・ミサイル全弾行きます!」

〝ベス〟のルーフ、丁度指揮コンソールがある部分からスターストリーク地対空ミサイルの三連装キャニスターが斜めに起動し、レーザー誘導の三発のミサイルが発射された。〝ベス〟は、その誘導を確実なものにするため、徐行に入った。

「一機残るぞ。水機団に警告しろ!」

扇状に拡がり始めたドローンを、ミサイルが一発ずつ撃破する。だが、最後の一発が、獲物を探して徘徊し始めた。

水機団の後藤の耳にも、ブーン! というローター音が聞こえてくる。

「われわれ、目立ちますからねぇ!」

と権田が暗視ゴーグルで頭上を見上げながらベネリのショットガンを構えた。

「散開! 散開! 物陰に入れ!――」

この辺りは、さっきのエリアほどの高級感はない。道に歩道はないし、ガレージも二台分はあるが、庭は狭い印象だった。

後藤は、道の真ん中に出て暗視ゴーグルで上空を見上げる。他の隊員らは、立ち木の陰に走った。ショットガンを持つ隊員だけが散開して空を見上げている。

幸い、その徘徊型ドローンは、突っ込んでくるまで時間が掛かった。夜間のドローン防御の訓練は、みっちりやったつもりだった。

後藤が空を見上げた時には、もう照明弾が上がっていた。ドローンは、まるで豆粒のように小さい。一〇〇メートルほど頭上にいて、どこへ突っ込もうかと迷っている様子だった。

ショットガンが次々と発射されるが、全く当たらない。ドローンが、目標を見付けたらしく、突っ込んでくる。後藤の前方、リヤカーを引く迫撃砲小隊を狙っていた。

更にショットガンの砲列が狙うが当たらなかった。

「伏せろ!――」

と後藤が叫んで、戸建ての芝生にダイブした瞬間、何かが眼前を横切ったように見えた。カラスのようにも見えたが、ドローンだった。

ベッキーが操縦していた偵察用ドローンが、下からすくい上げるようにドローンを引っかけた。爆弾を積んだドローンの方が重かったが、二機は絡み合いながら目標を外した場所に墜ちていく。一軒挟んだ隣の家屋の屋根に命中して家を押し潰した。

爆発の威力は凄まじく、隣接する家々の窓ガラスや壁まで吹き飛ぶ。破片が頭上から降ってくる。直撃は免れたが、負傷者が出たのは明らかだった。

衛生隊員を呼ぶ怒号が飛び交ったが、後藤は「隊列を崩すな! タイムテーブルを守れ!」と怒鳴った。

権田が、負傷者の上からマグライトを宛てがって怪我の様子を見ている。あちこち、ガラスやら何やらが刺さっている。痛みに、口をパクパクさせていた。

「行って下さい! 連隊長。ここは自分が。必ず追い付きます」

「頼んだぞ」

隊列を再編成し、後藤は、「バディを確認しろ！　人数確認しろ！」と怒鳴りながら次の曲がり角を探した。

あの数学屋、こんな面倒臭い作戦を思い付きやがって……。と部下を呪った。

隊員は、あちこち酷い怪我をして戦闘服もボロボロだったが、幸い、太い動脈は傷つけていなかった。負傷箇所に出血を止めるシールを貼り、素早く包帯を巻いて一番大きいリヤカーに載せた。

そういう時のためのリヤカーでもあった。

「よし！　俺に付いてこい。メディックも俺の後ろだ！」

権田と、衛生隊員、負傷者、交替でリヤカーを引く隊員五人が残された。


待田が、ドローンの映像を解析して、「敵の布陣、そろそろ完了しそうです」と報告した。

「昼間より、歩兵の数が増えてますね」

「迫撃砲小隊を布陣させるか？」

「やめた方が良い。敵の本拠地に近すぎます。あっという間に攻撃用ドローンが飛んでくる。さっきみたいな幸運はそうありません」

「しかし、あの少年ら、凄い技量の持ち主だな。飛んでいるスズメをパチンコで撃ち落とすような腕だぞ」

「そんなたちの悪い悪戯をして育ったんですか？」

「いや、単なるたとえ話だ。その倉庫街も攻撃するか？」

「退却を指示する連中は生かさないと」

「ここは、避難民がテントを張っているなんてことはないんだな？」

「いませんね。このクリークは空港が源流ですから、普段は涸れ川です。水が得られないから、ここにテントを張ってもサバイバルはできない。先鋒部隊、まもなくデモイン・メモリアル・ドライブを手前にして海岸へと転進です。敵の布陣はほぼ想定通り。爆撃箇所変更の必要を認めず！」

「これがオペレーションズ・リサーチの成果なのか？」

「狙った場所に、狙ったタイミングで敵をおびき寄せましたからね。どなたかの勘で動くよりは、数学的根拠があった方が、部隊も動かしやすいでしょう。何より、爆撃計画を練るには、他部隊を説得する客観的根拠が必要です。うちの隊長がそう信じてますから、では動かせないですからね」

「では、アルファ・ストライク隊に通信。信号は〝緑〟、信号は〝緑〟。幸運を祈る！――」

「信号は〝緑〟。了解です」

これで敵が退却してくれれば良いが……。


その頃、海上自衛隊《第四護衛隊群》ヘリコプター搭載護衛艦ＤＤＨ‐184〝かが〟（二六〇〇〇トン）を中核とする北米支援艦隊は、シアトルを出港し、中国艦隊を追って北上中だった。艦隊は、シアトルから六〇〇キロ北の、バンクーバー島北端、ケープ・スコット沖を通過するところだった。

ヘリ空母〝かが〟を飛び立った第308飛行隊所属のＦ‐35Ｂ戦闘機ＳＴＯＶＬ（短距離離陸・垂直着陸）型四機編隊は、念のため、シアトルに対して、オリンポス山を盾にして飛んだ後、徐々に高度を上げ始めた。

綺麗な夜空だった。高度一五〇〇〇フィートまで上がると、さらに空気は澄んでくる。前方に明かりはない。シアトルは真っ暗闇だ。

部隊にただ一人の女性パイロット、ＴＡＣネーム〝コブラ〟こと宮瀬《みやせ》茜《あかね》一尉は、これから繰り広げられる殺戮に思いを馳せ、少し憂鬱な気持ちになった。

　アメリカ政治の知識はないが、それぞれの勢力が、たかが権力争いのために正規軍の支配を争っているという事実に衝撃を受けた。幼い頃から憧れ続けたアメリカが、その偉大な歴史を閉じようとしているという事実が、うまく飲み込めなかった。これからは中国の時代になるという現実は、更に納得しがたいが。

　ＴＡＣネーム、〝バットマン〟を持つ飛行隊長の阿木辰雄《あぎたつお》二佐が、攻撃開始の合図のため、翼端灯を一瞬点けて、翼を左右に振った。

「こちら隊長機より各機、目標設定に修正はない。繰り返す、修正はない。全て予定通りだ。信号は〝緑〟、緑だ。各機、攻撃を開始せよ」

　グリーンとは決して言わなかった。〝みどり〟が符牒であり、攻撃開始を告げる命令だった。

　宮瀬は、左右の爆弾倉を開くと、搭載した四発のＧＢＵ‐53／Ｂ〝ストーム・ブレイカー〟滑空爆弾合計四発を、次々と投下した。自由落下していく爆弾は、すぐ主翼を展開し、滑空モードへと入って、ターゲットへと向かい始めた。

　合計一六発。デモイン・クリークの豊かな森を焼き尽くすはずだった。

　デモイン・クリークに布陣し、接近する水機団部隊を待ち構える米兵らには、何の予感もなかった。弾頭重量四八キロのＳＤＢ小口径爆弾は、もともと歩兵がターゲットではなく、ハード・ターゲットの撃破が目的で開発された。

　ＧＰＳ誘導が本則だが、四機のＦ‐35Ｂ戦闘機は、〝ラプラシアン〟による妨害を警戒して、誘導なしのＩＮＳ慣性航法装置モードで投下した。

　爆弾は、若干のずれはあったが、海岸線から、クリークの遊歩道に沿うように、上流側へと次々と着弾した。ほぼ四〇メートル間隔で、東西七〇〇メートルの幅で着弾して爆発した。爆発の威力は知れていたが、女性の体重並の火薬量の爆発は、それなりの被害半径を持っていた。付近に潜んでいた兵士を薙《な》ぎ倒《たお》し、引き裂き、吹き飛ばした。

指揮車両を出て前線に出ようとしていたマッケンジー大佐の一行は、海岸線でピカッ！ と光った瞬きに反応した。衝撃波が達するより先に、ソンダイク少佐が大佐を押し倒して地面に伏せていた。

彼らがいたそこまで衝撃波が達することはなかったが、爆弾は、だんだんと彼らの位置に近付いてきてクリークの奥へと続いていった。

最初は、一二〇ミリRTの砲撃かと思ったが、それより高威力であることは明らかだった。悲鳴もない。しばらくは無音の状態だった。無音だと思ったのは、爆撃によって急激な気圧差が生じ、耳がやられたせいだった。

爆風が頭上を見舞い、しばらく竜巻のような強風が吹きすさぶ。それに抗して立ち上がっても、しばらくは目も開けられなかった。

呼吸する度に、口や鼻の中に埃が入ってくる。飛散した木々の枝が、プレート・キャリアーに刺さり、頭上から石礫《いしつぶて》が降ってくる。

一分近く、身動きが取れずに、ソンダイク少佐は、再び腰を屈めるしかなかった。まるで、一五五ミリ榴弾砲の一斉砲撃を喰らったかのような衝撃だったが、小口径爆弾と言っても、その弾頭重量は、一五五ミリ榴弾砲のそれより重かった。

ようやく爆風が収まり、視界が得られると、ソンダイク中佐は、マッケンジー大佐を抱きかかえるようにして起こし、元来た道を引き返した。

大佐がその手を振りほどき、何かを喚いている。

だが、しばらくは聴き取れなかった。

指揮所にいたオキーフ少佐も、最初は砲撃だと思った。一五五ミリ榴弾砲の斉射だろうと思った。だが、次の斉射がなかった。その攻撃は一回で終わったし、何より、砲撃にしては、着弾地点が狙ったように精確だった。

やがて、小口径爆弾だと理解した。

考えるべきだった。マッコード空軍基地には、日本のステルス戦闘機部隊がいる。それなりにスパイを配置し、離陸すればすぐわかる。その情報はなかった。

だが、つい昨日まで、シアトルのドックには、自衛隊の軍艦が入港し、沖合にはヘリ空母もいたのだ。彼らは中国艦隊を追ってシアトルを離れたはずだが、搭載する戦闘機は飛ばせる。歩兵部隊の窮地に、それが飛んできてもおかしくはなかった。こちらの防空ユニットから安全圏内で、爆弾やミサイルを投じることはできる。

M-SHORADがある程度は叩き墜せるはずだが、その心配はないと、戦車部隊とともに少し後方に下がっていた。いやM-SHORADのスティンガーで、この手の誘導爆弾を撃破できただろうか？　あるいはブッシュマスター砲で……。

「曹長、負傷者救出のための車両を出してください。部隊は直ちに後退を。私たちは、罠にはまったの？」

「はい。間違いありません。住宅街を絨毯爆撃は少し辛いでしょう。でも、クリーク沿いの森なら問題ない。ただの森ですからね。われわれは、自衛隊が狙ったタイミングで、そこに布陣するよう誘導されました。あの、意味がわからない脈略のない進撃は、そのための罠でした。目立つ指揮通信車両が遅れ気味だったことを含めて、全て、戦術的な欺瞞です」

アルバート曹長は、無念そうに言った。いったい、こんな複雑な仕掛けをどんな連中が思い付いたのだろうと思った。

「しかし、指揮通信車両は、北から突っ走ってくるバトラー軍が追い付いてくれるでしょう。仇は討てます」

それらの車両は、海岸へと向かっている。まもなくバトラー軍が追い付きそうだった。敵は、逃げ場を失いつつあった。

爆煙が収まると、そのクリークの様相はだいぶ変化していた。爆弾が落ちた場所だけくっきりと丸い更地になっていた。木々が同心円状になぎ倒されているのがわかった。ドローンの映像では、人間がその周囲で這いずり回っているのも見えた。

〝ベス〟の土門は、特に感情は抱かなかった。明日は我が身だ。だが、その混乱から運良くアメリカ社会が立ち直り、シアトルが再建された暁には、この状況は非難を浴びることになるだろうと覚悟した。いくら何でも同盟国軍によって市民の憩いの場である自然公園を破壊されたと。

「ガル、ここさ、本当にこんな大型車がビーチに出られるのか？」

「問題ありません。異様に曲がりくねった細い未舗装道路を走るだけです。先行した〝フィッシュ〟が、メジャーを持って測り、大型車がビーチまで辿り着き、桟橋跡の滑りも利用できることを確認しています。敵を足止めするための阻止線はすぐ構築されます」

「後藤さん、どこよ？」

「ええと……。どこか後方で置き去りにされたと思いますが……」

「下がってないわ……」

と姜二佐が難しい顔で言った。

「何がだ？」

「敵です。負傷兵を救出するための車両が出ているようですが、無事な兵士が退却しているようには見えません」

「無事な兵士がいないとしたら？」

「ストームシャドーは榴弾の類いではないですから、そこまでの被害は無理です。半数の兵士は無事だと思った方が良い。無事な兵士の半数が負傷兵救出に当たっていると計算しても、まだ数個小隊の歩兵は留まったままです」

「本当か？　だとすると、血路を開くしかないぞ」

「部隊は、予定通り、収束しつつあり、クリークの河口に架かる橋に向かっています。原田小隊と榊小隊が布陣しているので、敵は圧迫できます」

「ナンバーツーと状況を共有して対処しろ。ガル、副連隊長殿だ！」

「はい。今探しています。確かリヤカーで負傷者を運んでいたはずですから、そう遠くには達していないはずです」

「この車両の近くにいるうちのコマンドは？」

「はい。〝シューズ〟と〝キック〟。ビーチへの入り口は、〝チェスト〟や〝ニードル〟が確保しています」

土門は、指揮官居室まで下がって自分のプレート・キャリアと四眼暗視ゴーグル装備のＦＡＳＴヘルメット、通信セットを持った。狭いトイレとシャワーブースを挟んだ隣の部屋から、娘が心配そうに覗き込んでいた。

「仕事をするだけだ」と土門は後ろ姿のまま言った。

「出るんですか！」と待田が尋ねた。

「ここで俺に出番はないだろう。〝シューズ〟と〝キック〟のポイントで降ろせ。救出に向かう。二番手として、〝チェスト〟を出せるよう準備しとけ」

「え？　で、どうなさるんですか？　敵がそこまで迫っていますが？」

「素人集団だろう？　しばらく時間を稼げ。スリンガーがあれば、こちらの意図がばれても、ドローンに対しては対応できるだろう。ナンバーワン、意見があるか？」

「いいえ。行って下さい！　あれこれ議論している暇はありません！」

「後は頼む。ベネリを借りる」

土門は、〝ベス〟がコーナーを曲がって止まった瞬間、ベネリM4を抱えて車を飛び降りた。

後ろにキム中佐のバンが迫ってくる。中佐がブレーキを踏んで止まった。

「中佐、落伍した隊員を助けに向かう。君らは、ビーチへ向かえ！　少年ら！　良くやってくれた。まだ機体とバッテリーが残っているようなら、私の部下の捜索を手伝ってくれ！」

そう告げると、車体をバンバン叩いて、先を急ぐよう命じた。〝シューズ〟こと御堂走馬《みどうそうま》二曹と、〝キック〟こと川西雅文《かわにしまさふみ》三曹が駆け寄ってくる。二人とも、部隊随一の俊足だ。シューズは元マラソン選手、キックはJリーガー上がりだった。

二人共、現れた人物に一瞬驚いた反応を示した。いや、露骨に迷惑そうな顔をしていた。

「何か、俺じゃ不満か？」

「足手まといにならないでくださいね！」

とシューズがはっきりと言った。

「努力するさ。さて、俺たちは今どこにいるんだ？」

二人は、もう駆け出していた。

第七章　脱出と救難

オキーフ少佐は、残存部隊が戻ってこないことに気付いた。クリーク沿いは、爆撃の後で、もうルートはなくなっている。道路上を歩くか車両で引き揚げてくるしかない。十分に歩ける距離だったが、退却してくる兵は僅かだった。

アルバート先任曹長が、ウォーキートーキーを耳に当てて怒鳴っていた。

「何が起こっているのよ？」

「マッケンジー大佐が、退却する時ではないと！　ここで退却したら、われわれが勝つ見込みはなくなるから踏み留まり、敵を殲滅せよと。今、退却してくる兵は、その命令を無視した連中です」

「そうは言っても……。確かにここで負けたらどうかと思うけれど、まだマッコードに逃げ込んだ後だって、包囲はできるわよ」

「しかし、そうなると、ルイス基地で迷っている部隊の理解が得られるかどうか……」

「貴方の意見は？」

「後方で、撃ち漏らしに控えている機甲部隊がいるわけです。作戦は成功したと油断した敵を、背後から追撃することは可能だし、それはやるべきです。マッケンジー大佐には好きにさせましょう。敵を追い立てることは、作戦に貢献します。まだ諦める必要はない」

「わかりました。ひとまず負傷者の救出に全力を尽くしつつ、大佐の行動を支援しましょう！」

「負傷兵はどこに運び込みましょうか？」

「一番まともな治療ができるのは？」

「動いていて、必要なレベルの救命処置ができるのは、フォート・ルイスのマディガン陸軍病院だけです。軍医らが立て籠もっている」

「わかったわ。そちらへ運んでください。白旗を掲げて」

オキーフ少佐は、自分が正しいことをやっているという実感が皆無だった。誰か、血の気が多い兵隊が、ピストルを抜いて私の額を撃ち抜いてくれれば良いのに、とさえ思った。

権田二佐は、リヤカーの負傷者を引き連れて前進していた。南へと下っているつもりだった。ところが、爆撃が始まった瞬間、自分たちが全く明後日な方角へと向かっていることに気付いた。その爆撃は、南、つまり真正面で起こっているはずなのに、右手後方で起こっていた。つまり彼らは、空港へと戻るルートを取っていた。

権田は、部下と交替してリヤカーを引っ張っていた。泣きたい気分だった。アメリカで最も繁栄している都市の高級住宅街で、自分はリヤカーを引っ張っている！

それも、自分が今いる場所がわからないのだ。番地表示も何もない。幹線道路からも相当に外れているらしい真っ暗な路地を走っていた。

負傷者はしばらくは持ちそうだが、その前に敵に捕まるだろう。爆撃は成功しただろうか？　ウォーキートーキーはある。こちらの状況を報せることはできるが、救援を呼ぶわけには行かない。それは、いわゆる二重遭難を招くという奴だ。自力で解決するしかなかった。

「ちょっと休もう！　すまん、みんな。呼吸を整えて、冷静になり頭を冷やしてルートを再検討しよう。再検討するか、どこかの空き家に押し入って一晩過ごすか……」

地図のコピーはもう全く役に立たない。土門陸将補の部隊が、迷子になった時に備えてピックアップ・ポイントを設けていてくれるはずだが、そもそも自分が今いる場所がわからないのだ。そこに辿り着く術がなかった。

空き家に辿り着くことはできるが、隊員の手当はできない。フェンタニル・キャンディを咥えさせて容態は落ち着いているが、生命が危険かどうかの判断ができなかった。

クラクションが聞こえてくる。夜空にヘッドライトの筋が見えた。まるで暴走族のような煩いクラクションだ。バトラー軍が迫っているのがわかった。

「空き家に入ろう！　これ以上の移動は状況を悪化させるだけだ」

どの家、どんな家がいいだろうかと思った。なるべく広い家が良い。ガレージは三台分くらいあって、庭が広く、立ち木で庭に木陰ができている家が良い。二階から外を見下ろせて、グランドピアノの一台も外から見えているような、そんな家が良いな……、と権田は思った。

「ひとまず、さっき通ったそこで良いか……」

ソファや、モニターが割れた大型テレビが庭に放り投げられている家へと引き返した。そういう所なら、誰も中を覗こうとはしないだろう。

この作戦には、ちと無理があったな……と思ったが、自分は推薦する側に回った。

「カエルの泣き声だ……」

リヤカーに寝かされた負傷者が呟いた。フェンタニルのせいで幻覚を見ているのだろう。

「カエルだ……、カエルが鳴いている」

「わかった、カエルだな。意識を保て。寝るんじゃないぞ！」

と後ろの客に呼びかけ続けた。

だが、移動しながら、権田もそれが聞こえたような気がした。ゲロゲロという感じではなく、コッコッ！　という感じの音だ。それが一瞬近づいたような気がしたが、また遠ざかっていく。

そこで、権田はようやく気付いた。それはカエルの鳴き声ではない。味方が鳴らすクリッカーの音だと。

「クリッカーだぞ！　みんな鳴らせ！　クリッカーを鳴らせ！」

突然、カエルの大合唱が起こった。もう遠ざかったかと思ったが、暗闇の中から、突然味方が現れて、「煩いぞ！」と怒鳴られた。

「そんなもん、一人が鳴らせば聞こえるだろう」

と土門は言った。

「陸、陸将補……。なんでこんな所に？　迷われたのですか？」

「住宅街ってのはやっかいだな。とりわけアメリカのそれは。一軒一軒がこんな広いと、幹線道路に辿り着くまで何時間も掛かるぞ。まるでダンジョンだ。さあ、行くぞ！」

土門の背後から、周囲を警戒するコマンドが現れた。

「まさか、われわれを探しに？」

「そうだ。何しろ暇だったのでな。誘導はしてもらえるが、たぶん敵陣突破になる。そのリヤカー、私が代わるか？」

「とんでもありません！　間に合っております」

土門は、「頑張れ！　生きて国に帰るんだぞ……」と負傷者を励まし、四眼ゴーグルを降ろした。

「こんなくだらん戦争で死んでたまるか！」

上空を、チェイサーが操縦するドローンが見守っていた。行き先、曲がるべき所に先行して、ドローンが部隊を誘導してくれた。

だが、状況は悪化しつつあった。東の空で、爆発が起こっていた。

部隊が、ビーチへと出る道路で、敵の車両を爆破して封鎖したところだろうと土門は思った。つまり、あの車道へはもう近づけないということだ。別のルートを待田に指示させるしかなかったが、それは、海岸沿いの林を突破することになる。リヤカーは捨てるしかなかった。

北から一直線に走っていたヘッドライトが乱れ始めた。各車が側道に逸れてこちらを捜索に入ったということだろう。

「副隊長、脱出ポイントまでまだ最低二キロは移動することになる。道路移動はもう危険だ。住宅沿いに移動するしかない。リヤカーは捨てるしかない」

「はい！　自分が背負います」

「いや、うちの隊員の方が体力がある」

「それは駄目です！　戦闘能力も装備も、陸将補のコマンドの方が圧倒しています。負傷者はこちらで背負いますから」

一行は、まず民家の庭先に入り、ザックをやりとりし、負傷者を背負った。

その途端、ブーツの踵から、鮮血が滴り落ちていることに土門は気付いた。

負傷者は、意識を失いかけていた。

「行こう！――」

家から家へと軒先伝いに移動していく。幹線道路を何本か横切る必要があった。とりわけ509号線。左右を確認して渡ろうとした瞬間、ドローンが眼の前に降りてきて道を塞いだ。その直後、北側からピックアップ・トラックが疾走してきた。武装した連中が乗っている。少年らが警告してくれたのだ。土門は、ドローンに向かって親指を立ててみせた。

道路を渡りきり、また次の住宅街へと入る。土門は、インカムで待田を呼び出した。

「ガル、このままビーチに出られるのか？」

「ガルよりデナリ――。とにかく、西へ走ってください。ビーチに出た後も、数百メートル走る羽目にはなりますが……」

「迎えは要らんから、敵を遠ざけろ！」

「やってはいますけどね……」

銃撃音が響いてくる。味方の銃声だ。敵と対峙し合っている状況は拙かった。何しろ暴徒は命知らずだ。クスリを決めて飛び出してくる連中もいる。そういう連中は、弾が当たっても平気な顔をしていた。

車のエンジン音が近づいている。ヘッドライトがちらちらと視界に入ってくる。ビーチへと出る森の手前、最後の車道に出ると、土門は、「シューズ！」と呼びかけた。

「チームを率いてビーチに出ろ。足下は砂場だが、味方の位置まで走れ！　私とキックが敵の注意を引いて足止めする」

「了解です。さあ行くぞ！」

とシューズが躊躇わずに、その命令に応じて水機団チームを急かした。

土門は、水機団隊員から20式小銃を一挺とマガジンを三本受け取った。ショットガンの予備弾を持ってくる余裕はなかった。

「隊長。われわれ、心中するほど深い付き合いではないですよね？」

「全くだ！　孫の顔を見るまでは死なんぞ！」

ピックアップ・トラックが一台近付いてくる。

土門は、ショットガンを構えて藪へと潜んだ。反対側で、川西がニーリング姿勢を取ってHk-416アサルトを構える。車は急には止まれない。土門は、運転席ではなく、荷台で銃を構える二人の男めがけて二発引き金を引いた。

川西は運転手を狙って引き金を引く。ダブル・タップの二発で運転手を仕留めたが、助手席にももう一人いた。左手でハンドルを握り、右手でピストルを撃ち返してくる。土門は、顔面を狙って一発ぶち込んでやった。それでようやく止まったが、その銃撃音は、当然、敵を惹き付けることになった。

土門は、ショットガンを後ろに回し、20式小銃を構えた。

「この銃、どうよ?」

「ええまあ、それなりじゃないですか? 自分は、Hkの方が安心して使えますが」

「なんで水機団は、サプレッサー持ってないんだ? 米海兵隊は全兵士支給、英国軍海兵隊も採用が決まっているのに」

「安くないですよね。重たいし。でも財務省が認めないんじゃなくて、現場が要求を出さないんでしょう」

「自衛隊はそればっかだな。都合が悪いことは全部ケチな財務省のせいにするが、その実、当事者能力がないってだけだろう?」

さらにエンジン音が近づいてくる。クレイモア地雷が二、三個欲しいところだった。

「ちょっと下がろう! 下がりつつ時間を稼ぐ」

「迎えはもう来ているんですか?」

「いや。俺が〝ベス〟を降りる時点では、影も形も見えなかったな」

「もし迎えが来なかったら、エスケープ・プランはどうなっていましたっけ?」

「車両は捨て、ビーチを南へと走る。もっと楽しそうな策も考えてある。フィッシュが離岸流の在処を探している。海へと入り、離岸流に乗って沖へと出る。じっとしていれば、明け方には、どこか人気のない場所に辿り着ける」

「そりゃ、あの人はシアトルの冷たい海の中でも、一時間もあれば、対岸に泳ぎ着けるでしょうけど」

二人は、背後を互いにカバーしながら、アメ車がどうにか一台走り抜けられそうなあぜ道を走り出した。

原田は、その様子をドローンで見下ろしていた。極めてクリティカルな状況だった。キャリバーCHがいれば、すぐ救援に向かわせるところだ。だが、マッコード空軍基地で運用していたそれらのヘリも、今はヤキマまで下がらせていた。

ヤキマの指揮所はもう畳むことが決まっている。今頃は、コロラド州へと向かっているところかもしれない。

「どうしますか？　もちそうにありませんが……」

と井伊がコンソールから振り返りながら言った。

「ちょっとここを頼む！」とウォーキートーキーを持って〝メグ〟を降りた。アダック島で米海軍から借り受けた、まるでティッシュの箱のようにバカでかいウォーキートーキーだった。

その頃、水機団連隊の榊小隊は、クリークを流れるデモイン川の少し南側で待機していた。

爆風は、彼らが潜んでいる辺りまで届き、しばらくは爆煙で視界が悪かった。水機団先頭の味方、というより斥候が、橋の下を渡ってくる。デモイン川は涸れ川だが、この辺りは潮の満ち引きで水が張っていた。

敵は、負傷兵の収容でそれどころではないのか、まだ撃ってこない。だが、味方がここを通ることはわかっているはずだった。どこかから、戦車のエンジン音が響いてきた。

「済まないが、もう一キロ走ってもらう！」

第1中隊第2小隊長の榊真之介一尉は、そう告げて斥候隊員の背中を押した。

「小隊長、敵の退却が鈍い……」

暗がりから現れた小隊ナンバー2の工藤真造曹長が告げた。

「鈍いとは、下がっていないという意味？」

「そうです。最初は、みんな爆風で吹き飛んで、そもそも自力で退却できる兵隊がいないのだろうと思いましたが、どうもそういうことではないらしい。彼ら、こんな状況で部隊再編しています。側面なり後方を突かれます」

「その再編中の兵力って、われわれと似たようなものでしょう。でも戦車や装甲車がいる分、敵の方が上か……。どのくらい時間を稼げばいいと思う？」

「稼げる時間は一〇分もない。じきに戦車が現れて、まず退路を塞ごうとするでしょう。あるいは、ここでは見逃して、乗車した後を狙ってくるか」

「私は原田小隊を信じます。ひとまず、ここを支えよう！　最後の一人が退却してくるまで」

「了解です。軽MATで牽制します」

「全部使って良いよ！　カールグスタフも。最近の対戦車戦は、そうでもしなきゃ潰せないから」

遂に、クリークの上から撃ってきた。川の向こうにいる味方が反撃というか、牽制して撃ってくる。それぞれの曳光弾《えいこうだん》が夜空を飛び交い始めた。

〝フィッシュ〟こと水野智雄《みずのともお》一曹は、膝まで水に浸かり、沖合を見詰めていた。タイム・スケジュールをすでに二〇分以上押していたが、スケジュールを守れなかったのは、こちらも同じだった。

ようやく、その黒い物体が時々、星明かりを反射しながら近付いてくる。赤外線暗視ライトをそちらへ向けて誘導した。

フィッシュは、自分の分隊にインカムで呼びかけた。

「手順を復誦しろ！　まずは道板だ。車両を載せるための道板。その後、バン、軽装甲機動車、ハウケイ、一番重たい〝ベス〟の順で載せる。道板を回収しつつ、搭載されたゾディアック艇を降ろせ。それでエアクッション艇の離脱を援護した後、隊長らを迎えに行く」

沖合から、海上自衛隊ドック型輸送艦〝おおすみ〟（一三〇〇〇トン）搭載のエアクッション艇が向かってくる。どうにか間に合ってほしかった。

すでに森を抜けた道路際では、こちらも戦闘が続いている。護衛艦隊は遥か沖合だが、輸送艦〝おおすみ〟だけは、ヘリコプター運用艦として、バンクーバー島ヴィクトリア沖合に留まっていた。その輸送艦は、二隻のエアクッション艇を収容していた。

真っ直ぐ突っ込んできてビーチに乗り上げる。暴風が砂を巻き上げて叩きつけた。

前方ランプドアが開くと、すぐコマンドが乗り込み、車両を載せるための道板を引っ張り出した。朽ちかけた桟橋跡に置く。まず、キム中佐のバンを載せた。続いて先導役の軽装甲機動車。そしてスリンガー・システムを搭載したハウケイ。最後に、〝ベス〟。これは、車体がでかいだけに少し手間取ったが、何とか載せることができた。

小型サイズのゾディアック艇を引っ張り出すと同時に、最後まで道路際で敵と対峙していた福留《ふくとめ》分隊が引き揚げてくる。

「隊長は?」と〝チェスト〟こと福留弾《だん》一曹が水野に聞いた。

「まだだ。たぶん敵と対峙している」

「そら拙いだろう。俺とニードルら数名でここに留まって敵の頭を抑える! フィッシュはそのゾディアックで隊長を出迎えに行け。隊長らを無事沖合で収容した後、戻ってきてくれれば良い」

「それで良いのか?」

「他に選択肢はない!」

福留は、エンジンの騒音で煩い中、ハンドシグナルで、すでにエアクッション艇に乗り込んだ部下数名に降りろ! と命じ、さらに、弾を遣《よこ》せ! と指示した。

弾を受け取った六名が、また林の中へと戻っていく。水野は、ゾディアックに飛び乗り、「押せ押せ!」と号令を掛け、エンジンを掛けて沖合へと乗り出した。


隊長らがいる辺りは、はっきりとわかった、敵も味方も曳光弾は使っていないが、敵が乱射する時のマズル・フラッシュは良く見えた。まるでハリウッド映画みたいに、無意味に乱射しまくっている。

だが、結構な数の敵が集まっていそうだった。


土門は、さらに川西に後退を命じた。耳栓を片側だけ外して、外の気配に集中した。

「お前さん、最近、結婚したんだよな?」

「報告済みですよ? とっくに」

「なんで俺、披露宴に呼ばれてないの?」

「ああそれ、昔と違って、最近は披露宴しないんですよ。インフレで披露宴のコストは上がっているし、逆にみんな懐は寂しくなるからご祝儀は減る。当然披露宴は酷い赤字になる。だから、友人を集めてレストランとか借り切って、会費制の地味なパーティに留めるのが流行なんです。一応、ウェディング・ドレスとかは用意して」

「それ、やっぱり俺、呼ばれなかったという事実だよね？」

「隊長は、親しい友人じゃありませんよね？　それとも、ご祝儀五万くらい弾んでくれましたか？」

「うーん、女房はちょっと渋い顔するだろうな。済まん、この話はなかったことにしよう」

背後から、数台の車のエンジン音が響いてくる。二人共、最後のマガジンを使っていた。これを撃ち終わったら、後は川西のピストルと、土門が背負うベネリの弾倉に残る三発のみになった。

土門は、立ち止まると立ち木の陰でニーリング姿勢を取った。そして、ベネリを足下に置いた。

「遺書は書いてあるよな？」

「はい。部隊の金庫に入っています。弔慰金と死亡保険は全部、アメリカのS&P500に放り込めと！」

「おい、それは出撃前に書き換えてくるべきだったぞ。今から米株は拙いだろう。国債を買え国債を。ジジババのシモの世話のために！」

「そりゃ拙かったですね」

森の中から弾が飛んでくる。マズル・フラッシュが横に拡がっていた。一〇人かそこいらが、横に拡がり撃ってくる。土門は、発砲を控えた。サプレッサーを装着していない20式では、マズル・フラッシュが的になるだけだ。ここは、川西に任せることにした。

そして土門は、20式からマガジンを抜いて川西に放った。そしてベネリを取った。弾三発で三人は倒せる。

「お孫さんの件、残念でしたね……」

「あいつ、結婚は遠いぞ。既婚者なんぞにお熱を上げやがって!」

　ショットガンのピストルグリップの引き金を三回引いた。それぞれ暗闇にターゲットを変えて。手応えはあった。反撃はなく、うめき声も聞こえてくる。だが、土門の攻撃はそれまでだった。銃を置いて地面に伏せた。川西は、サプレッサー付きのアサルトでまだ撃ち続けている。三人は倒したようだが、まだ敵は残っていた。

　アサルトを置き、コンパクト・ピストルのグロッグ19をホルスターから抜いた。ここから先の発砲は、川西がもろに的になることを意味する。

　引き金を引こうとした瞬間、土門は、何かの気配を感じた。一陣の風がよぎったかと思うと、猛烈な風圧が地面の埃を巻き上げた。シャー!　という安っぽい音がして、空から、何かが降ってくる。地面の上で、大量の薬莢《やっきょう》が跳ねていた。

　頭上で、小刻みにドラムを叩くような音が響いてくる。機関銃の銃弾が地面を叩いているのだ。車のエンジン・ルームをぶち抜き、爆発するのがわかった。周囲が一瞬明るくなる。

　顔を上げて頭上を見ると、真上にヘリがいて、ドアガンを撃ちまくっていた。

　アメリカ陸軍第160特殊作戦航空連隊《ナイト・ストーカーズ》MH-60M〝ブラックホーク〟ヘリを操縦するシェミア分遣隊長のメイソン・バーデン陸軍中佐は、久しぶりにコクピット右側の機長席に収まって操縦桿を握っていた。

　副操縦士のベラ・ウエスト中尉が、暗視ゴーグル越しに、コクピット・パネルのモニターを監視している。彼らが恐れているのは、地上からの反撃ではなく、M-SHORADであり、スティンガー地対空ミサイルだった。

　後部キャビンでM134ドアガンのガナーとして乗

り込んだネイビー・シールズ・チーム7のイーライ・ハント海軍中尉が、インカムで「北だ！　北へ向かってくれ——」と告げた。

「いったん海上へブレイクする！　対空砲火が不安だ！」

　とバーデン中佐は、機体を海上へと出し、思い切り高度を下げた。ゾディアック艇が一隻、波打ち際を疾走してくる。

　右翼方向に、もう一カ所、激しい銃撃戦が発生している場所があった。

「ここも曳光弾を使っていない。彼らだな？」

「そのようですね！　助けないと——」

　ウエスト中尉が航空ヘルメットをうんうんと上下させて頷いた。共にアダックの地獄をくぐり抜けた戦友たちだった。

　福留分隊の六人が交戦している真上から、またドアガンをぶっ放して暴徒を制圧した。

「よし、いったん隣のモーリー島に着陸しよう！　まだ救援が必要かもしれない」

「そりゃ、暴徒が相手なら私も気が楽ですけどね。私たち、まだ陸軍の兵士は一人も殺していないでしょう？　たぶん……」

　実際には、戦車を撃ちまくって擱座させていたが。

　エアクッション艇が対岸のモーリー島へと向かっているのが見えた。デモイン川の北側はこれで片付いたとみて良いだろうが、南側はまだまだだった。

　水野は、砂浜を駆け上がり、クリッカーを鳴らして土門に近づいた。土門は、地面に座り込んで、波の音に耳を傾けているような感じだった。

「大丈夫ですか？」

「ああ……。まあ、だいぶ身軽になったよ。今何て言った？　耳鳴りが酷くてな」

「耳栓は完璧じゃありませんからね。権田副隊長以下、すでに収容ずみです。残念ながら隊員は……」

「うん。残念だ……」

川西は、少し放心状態な感じだった。

「引き続き、本隊の撤退を支援しなきゃならんぞ」

空の銃を持ち、ゾディアック艇に戻り、モーリー島の尖った東端に上陸したエアクッション艇を追い掛けて上陸、ゾディアック艇を回収させた。そこは、シアトルのビーチからほんの四キロ離れた対岸だった。

エアクッション艇に乗り込むと、軽装甲機動車の隣に置かれた担架の横に、呆然と正座する権田がいた。

「助かるつもりでいたんです。まさか、こんなことになるなんて……」

「残念だ。遺体は海自に預けて、われわれは本隊を助けに戻らなきゃならないぞ」

「そうですね……。これは価値ある犠牲だったのですか？」

「いや。無駄死にだな。ご遺族には、言えんことだが……」

エアクッション艇が再び唸りを上げて海上に飛び出す。土門は、〝ベス〟に乗り込んで、「状況は？」と質した。

「本隊、反乱軍と戦闘しつつ後退中です。戦車が出てきましたが、まだ少し距離があります」

と姜二佐が報告した。恵理子が「大丈夫なのね？」と顔を出した。

「濡れタオルをくれ。両手が硝煙で真っ黒だ……」

土門は、今頃気付いたが、グローブなしで銃を撃っていた。しかも、顔面に迷彩ドーランはなかった。両手の甲や頬が反射して、そこに敵がいる目印になる。危険なことだった。

「それで、どこに上陸させる？」

「再上陸ということでよろしいのですね？」

姜は、念を押すように聞いた。

「仲間が戦っているのに、このまま輸送艦に引き揚げるわけにもいかないだろう。ガル、どこなら上陸できる？」

「海岸に近づくのはもう危険ですが、まずは福留分隊の収容に戻るしかありません。しかし、敵はエアクッション艇の存在に気付いたでしょうからさっきより危険度は増しています。チェストらを収容後、南へ下がってタコマ港最深部まですっ飛ばしてわれわれは上陸。誰かに迎えに来てもらうしかありません」

「時間のロスはどのくらいになる？」

「どんなに急いでも四五分、最悪九〇分は見ないと」

「いや、それは拙いだろう。スリンガーを積んでいるわけだよな？」

「デッキ上に収容しているから、砲は撃てません。四方が壁です」

「突っ込んでもらって、まずスリンガーをビーチに上陸させれば問題ないだろう？」

「二つ問題があります。エアクッション艇が接岸するまでの間にミサイルやドローンを撃たれたら対処はできません。今はどこも護岸でガチガチです。〝ベス〟まで上陸させるとなると、それなりの護岸構造を持つ場所が必要です。それこそ港湾施設のようなな。日本の漁港が望ましいですけどね。釣り船を陸に上げるための滑りがありますから」

「目星は付けてあるんだろう？」

待田は、黙って衛星写真をズームした。

「マクソアリー川トレイル。河口北側は、天然の岩を積み上げただけの石積護岸で、ビーチングは不可能。しかし南側にその構造はなく、公衆トイレもあるので、たぶん海水浴場です。丸太の漂流物があるので、その撤去は必要でしょうが、車両の陸揚げは可能です。ナンバーツーが乗る〝メグ〟から丁度一マイル南です」

「問題は何だ？」

「敵の活動エリアに近すぎます。そこよりまた一マイル南にも上陸可能地点はありますが、ここの問題は、上陸後の隊員の移動手段がないことです。軽装甲機動車を除いて、車両がありません。この〝ベス〟はもう定員超えです」

「最前線まで三キロは論外だぞ。エアクッション艇がそのマクソアリー川河口に上陸すれば、当然敵はすぐ気付くんだよな？　援軍が入ってくることを敵にアピールしなきゃならん。スリンガーの防空能力に賭けよう！　マクソアリー川で良い」

「了解。福留分隊収容後、マクソアリー川河口への上陸を要請します」

土門も待田もその時、エアクッション艇に少年らを乗せたバンが積まれたままだということを完全に失念していた。彼らがそれを思い出したのは、対岸のビーチに乗り上げてからだった。土門に至っては、「なんでこのバンがまだ乗っているんだ？」と呟いたほどだった。

キム中佐が運転するバンは、そのままエアクッション艇に搭載して、安全な後方で改めて降ろすべきだったが、すでに安全な後方はどこにもなかった。中佐は、部隊との同行が一番安全だと主張し、結局、〝ベス〟と一緒に行動することになった。

元デルタ・フォースのアイザック・ミルバーン

元陸軍中佐は、自分の戦闘チームを連れ、水機団を回収に北上してきた軍用トラックに乗って現れた。

「話がある」と〝メグ〟に乗り込んでくると、指揮通信コンソールのモニターで、ドローン映像を観察しながら口を開いた。

「凄いな、この指揮通信車両は。デルタにも欲しいよ」

原田とミルバーンは、アダック島防衛で組み、ミルバーン中佐のチームは、ほんの数名で、一個中隊規模の強烈な破壊力を発揮してロシア軍を圧倒した。

「爆撃で負傷した兵士らが、フォート・ルイスの病院へと後送されている。戦場医療は敵味方、区別しないから無条件に受け入れている。実は、後送される車を途中で止めて尋問した。片腕を失ったばかりの一等兵が説明するには、ずっと営内待機が掛かっていて、外ではドンパチが続いているのに、別にすることはなかった。やっと出動命令が出て、騒乱後の死体処理でもさせられるのかと思ったら、トラックに乗って、空港近くまで来た。グラディエーター・トムとかいう、戦争の英雄が現れて、指揮を執っていた。みんな、彼は凄い！英雄だと称賛していたが、自分は知らない。いつの間にか反乱軍の一員にされていたが、俺は政治に関心はない。俺の腕を返せ！——と。この戦場の指揮を執っているのは、グラディエーター・トムだ」

「日本の歴史でもありました。何も知らないまま出動させられ、首相官邸を襲撃して立て籠もって反乱軍扱いされた連中が。しかし、これで理解できた。それなりの犠牲者を出したはずなのに、退却せずに戦い続ける理由が。中佐は、彼の捕縛なり、殺害を命じられているのですね？　ホワイトハウスから」

「いや、私の雇用主は大統領に出世したが、ホワイトハウスにはいない。たぶんペンタゴンの地下だろう。あそこの方が安全で居心地も良いから。命令は受けたが、私は彼の戦術を知っている。ことはそう簡単には運ばないだろう。だが、彼がそこにいるとわかったからには、見過ごせない。手助けするよ。そもそもこれは、われわれの問題だ。それと、良いニュースをひとつ持ってきた。正統派陸軍部隊《トゥルー・アーミー》が密かに編成されつつある」

「トゥルー？　なんだかトランプが好きそうなフレーズですね」

「他にもいろいろ考えたらしいが、わかりやすい英単語はこれしかなかったらしい。シンプルだ。君たちや空軍への増援を出すべく動いている。まだ組織としては小さいらしいが。たぶん、ウエスト中尉らも加わることになるだろう。大っぴらには使うなと言われている。軍が分裂しているイメージを拡散するから」

中佐は、モニターの一点を指し示し、「この辺りまで行ってみるよ」と告げて〝メグ〟を降りた。

東側から反乱軍部隊が迫ってくる。一方がトゥルー・アーミーを名乗るなら、もう一方はシビル・フォース（市民軍）でも名乗るのだろうか、と原田は思った。

狙撃手のリザードこと田口芯太《たぐちしんた》二曹&ヤンバルこと比嘉博実《ひがひろみ》三曹組が、509号線東側の住宅街へと入っていく。区画整理がなされる前に家が建った様子で、敷地の広さも家の作りもまちまちなエリアだった。

リザードが、無線で呼びかけてきた。

「リザードからハンター。〝エヴォリス〟の使用許可を要請する」

「ちょっと待て、リザード……」

殺し合いの相手とはいえ、米軍相手の戦いで、強力な武器の使用は控えよ、という命令が出ていた。本国からの命令だった。さて、爆弾を雨あれと叩き込んだ後で、自分たちがその命令を守る意味があるだろうか？　と原田は一瞬考えた。

「こちらハンター。警察比例の原則を適用する。敵が、軽機、重機を持ち出してきた時のみ、あるいは緊急避難時のみ許可する」

「リザード、了解。アウト――」

水機団の対戦車チームが、住宅沿いに移動して東へと出ていく。すでに、西へと向かう反乱軍と交差していた。敵は、自衛隊はただ南へ逃げていると思っている。自衛隊とすれ違ったことには気付かない様子だった。

水機団部隊の三分の二がデモイン川河口を渡りつつあったが、まだ道のりは遠かった。

マッコード基地からの軍用トラックが、前方で夜空を焦がす曳光弾に怖じ気づいて滞留し始めていた。

そのせいで、デモイン川を渡ったへとへとの水機団隊員は、さらに二キロを超える距離を歩かされようとしていた。

その長く伸びた退却線を、マッケンジー大佐が率いる反乱軍が側面から攻撃に掛かっていた。

上空から見下ろすドローンで、東へ突出した対戦車チームが、南北から包囲されて銃撃されているのが見えた。

原田は、リザードに、的になって敵をそっちに惹き付けるか、敵として制圧するか可能な方で頼むと命じた。

リザードの耳には、戦車の履帯が道路のコンクリを噛む音が響いていた。すぐそこまで敵は迫っていた。

「的になって敵を惹き付けたところで……」と田

口が言いかけた。

「制圧、一択でしょうが？　少なくとも、歩兵は潰せる」

「やってみるか……」

　リザードは、いつもの狙撃銃ＤＳＲ‐１を持っていたが、ヤンバルは、ＦＮ‐ＥＶＯＬＹＳを抱えていた。背中には、そのボックスマガジンが入ったザックを背負っていた。

「リベット、ルート指示頼むぞ――」

「北へ三軒移動した後、電柱基礎が道路側にはみ出している所で、左だ」

　二人が七〇メートル走って左折すると、四人の敵兵士の背中が見えてきた。

「緊急避難措置、射線上に味方不在を確認！」

　比嘉が、ニーリング姿勢でエヴォリスを構えて引き金を引いた。フルオートで撃った。フルオートでも素晴らしい集弾性を持つ軽機関銃だった。

「米帝よ！――。還せ！　沖縄、還せ！　横田空域――。還せ！　沖縄の綺麗な海を、還せ！　東京の自由な空を――」

　比嘉は、敵まで聞こえそうな大声で叫びながら引き金を引いた。

「よせバカ！　沖縄県人のお前がそれを言うと、洒落にならないぞ……」

「日本人の本音じゃないっすか！　あいつら、日本の思いやり予算で、俺らの四、五倍はある豪邸で暮らして。米兵相手に撃ちまくれるんだ。こういう時くらい、ぴしゃりと言ってやって何が悪いんだ！」

「そんな理由で人殺しするな！」

　戦車の履帯の音が変わった。どこにいるかわからないが、こちらへと向かってくる。対戦車チームが、まずカールグスタフで攻撃した。Ｍ‐１Ａ２戦車がスモークを発射すると、その煙は住宅街に籠もり、戦車は全く見えなくなった。

敵は倒した。気の毒に……。日本の基地での駐留経験がある兵隊だったかもしれない。言葉も不自由な国で、必要もないのに右ハンドル車を運転しては事故を起こしまくり、その度に日米地位協定で守られ、紙屑同様となった日本円は、まるで途上国のような贅沢な暮らしを演出し、沖縄では毎年のように幼気な少女をレイプしまくった……。とはいえ、同盟国の仲間だ！

と田口は自分に言い聞かせた。

スモークが晴れる前に、味方は位置を変え、前進する戦車の横腹に、軽ＭＡＴのミサイルを叩き込んだ。

上陸した〝ベス〟の指揮コンソールで、土門は原田を呼び出した。

「デナリからハンター。そこは危険だぞ。もう車両を隠しておける場所じゃない。急ぎ脱出せよ。〝ベス〟はすぐ後ろにいる。土地勘を得るまでしばらく指揮はさせるが、とにかく下がれ！」

「ハンター了解。努力します」

土門は、「Ｍ‐ＳＨＯＲＡＤはどこだ？　どこに潜んでいる？」とぼやいた。戦車は確認できているが、敵がまだ二両持っているはずのＭ‐ＳＨＯＲＡＤが見えなかった。

「出てこないなら、試しにドローンで戦車を攻撃してみるか？」

「やってみましょう。一両は敵の指揮所を守っているのだと思いますが、もう一両が姿を見せるかもしれない。偵察用ドローンを突っ込ませてみます」

前進する姜小隊が装備する偵察用ドローンは、使い捨てというほど安くはなかったが、攻撃用ドローンのスイッチ・ブレード600を持つ水機団は、空港で使い果たしていた。

森の中からドローンが飛び立っていく。離陸場所を察知されないよう、しばらく高度を抑えて海岸へと飛んでから、内陸へと戻った。

一両の戦車めがけて、真っ直ぐ突っ込んでいく。すると、高度五〇メートル、距離一〇〇メートルを切ったあたりで、突然画面が消失した。

「ドローン・ディフェンダーだな。電磁波で殺《や》られた」

「いえ。違いますね……」

待田は、最後に送られてきた映像データをスローで逆再生させた。

「ドローンですね。自殺ドローンがぶつかってきて、叩き墜したみたいです」

「凄い腕だな。まるでチェイサーの少年たちだ」

「はい。向こうにも、彼ら並みの腕の良いパイロットがいるのは確かです」

ミルバーン中佐は、一発も撃たないまま、反乱軍部隊の中を進んでいく。原田は、その意図を一瞬怪しんだが、自前のドローンを飛ばしているわけでもないのに、敵陣の中を進んでいくのは鮮やかだった。彼が本気だとしたら、本当に、暗殺任務をやり遂げるかもしれない。

だが、やがて中佐は、チームを残して一人での前進に移った。どうやら銃を捨てている様子だった。

ミルバーン中佐は、誰からも警戒されることなく、ドラグーン装甲車に近づき、その威厳だけで警備の兵士を威圧すると、ハッチを開けさせた。

「やあアラン、少し、大佐と話をさせてくれないか？」とソンダイク少佐に告げた。少佐は、ミルバーンの腰のホルスターに一瞬視線をくれたが、黙って降りた。

ミルバーン中佐は、赤い暗視照明の中で、マッケンジー大佐と向かい合った。

「アイザック？　アイザックなのか？……。まるで亡霊でも見ているかのようだ」

「それはこっちの台詞だぞ、トム。君は正気を取り戻したのか？」

「どうだろう。そもそも、俺たちは正気だったことがあるのか？　狂気の世界で、アメリカを守ろうと人生を捧げたのに、全てを奪われた。私から全てを奪った奴らは、今ものうのうと生きている」

「では、これは復讐なのか？　家族を奪った軍や、政治家への」

「わからない。私はただ、担がれただけだ。君は加勢してくれるのか？」

「いいや、暗殺命令が出ている、君の。その命令を下したのは、ディラン・ウエストだ。なぜか大統領を名乗っている」

「あの男には、いつか神の裁きが下ると思っていた。だがそうはならなかったようだな」

「ああ。俺も残念だ。だが、そういう政治的なことは考えないことにしている。お互いな。そうだろう？　われわれはただ、任務に忠実なことが取り柄だった。バトラー、フレッド・マイヤーズは、危険な男だぞ。君は、彼のメンターでありながら、正しく導けなかった。あの男は、暗黒面に堕ちた」

「よしてくれ。自分の家族すら守れなかった男が、たかが二十歳で、士官学校の後輩を導けるわけがないだろう？　あの男の人生に、私は責任は持てない。だがこうして、尻拭いしている。モンスターを生んだ罪滅ぼしに。私を殺しに来たのではないのか？」

「いや。命令は受けたが、いつ実行できるとは言ってない。昔のよしみで、君が正気なのかどうか事前に確認したかっただけだ。次に会う時は、お互いどちらかが死ぬことになる」

「今、楽にしてくれた方が早いぞ？」

「われわれは職業軍人だ。そうはいかない。ではな……、友よ」

ミルバーン中佐は、納得できた顔で別れを告げると、装甲車を降りた。

そのまま去ろうとすると、ソンダイク少佐が「仲間に加わって頂けませんか？」と話しかけた。

「アラン、君とは仕事もしたし、トムは、いつまでもわれわれのヒーローだ。悲劇のヒーローでもあるが。だが、トムのような生き方はできない。私は、自分の家族や、部下を食わせることで精一杯だ。政治に関心はないのだ。たとえ、奴らからどれだけ痛めつけられようと。互いの本分を尽くそう」

少佐は、理解した顔で敬礼した。ミルバーン中佐は、そうしてまた暗闇へと消えていった。


土門は、「敵戦車はあと何両だ？」と待田に聞いた。

「五両ですね。確認しているのは五両です。でもストライカー装甲車だっていますよ」

「まずは戦車だ。危険だ。いくら対戦車火器があるからと、水機団隊員の命を危険に晒して戦車を狙うのは合理性がないぞ。〝シェブロン〟を使おう。もう二機、残っているんだろう？」

「少年兵ですが良いのですか？」

「実際、助けられてばかりじゃないか？　建前を言ったところで始まらない。二両を潰せば、残る三両は後退するかもしれない」

待田は、〝ベス〟から少し離れた森の中に潜むバンに、ウォーキートーキーで連絡を取った。残った二機で、味方に一番近い戦車二両を潰してくれと。

二人の少年少女が操縦する、高速攻撃ドローン

〝シェブロン〟が飛び立った。120ミリ迫撃砲弾を抱きかかえるように、四基のダクト型構造のプロペラが付いている。ロケットのように垂直に離陸した〝シェブロン〟は、すぐ横倒しになり、高度を下げたまま戦車へ向かっていった。

先攻はタッカー、失敗したらベッキーが狙う作戦だった。〝シェブロン〟の速度で、戦車がスモークを焚く余裕はなく、しかも人間の眼で操縦される〝シェブロン〟が、その手の欺瞞装置に引っかかる可能性はほとんどなかった。

だが、ここでも妨害が入った。タッカーが操縦する〝シェブロン〟は、何かの物体に上から叩かれて、地上に激突して爆発した。

無言のまま、ほんの一〇秒遅れてベッキーが操縦する二機目が突っ込もうとしたが、これは下から突き上げられるようにしてひっくり返り、一瞬でコントロールを失い、一軒家に命中して爆発し、家屋を吹き飛ばした。

バンの中で、二人は一緒に「バリアントだ！」と呻いた。

「二機いたのか？」

と上空からのドローン映像を見ていたキム中佐が言った。

「いえ。違いますね。これは一機です。自殺攻撃じゃない！　体当たりでドローンを叩き墜し、でも自分は生き残れるよう設計された特別なドローンです」とベッキーが唸った。

「そんなことできるの？」

「設計しだいですね。これからはその手のドローンが流行《はや》るでしょう。何しろドローンも年々複雑に高価になっていく。バリアントのドローンは見えてないぞ……。いったいどんな構造なんだ」と、タッカーが言った。

「自由に飛び回っているということは、スリンガー・システムや〝ベス〟のレーダーやEOセンサーにも映っていないということですよね？」とベッキーが聞いた。

「普段は地面を這っているか、ステルスかどっちかだろうね。困ったことになったぞ。そんなのがさっきみたいに爆弾を積んで背後からこっそり忍び寄ってくるんじゃ避けようもない」

「会ってみたいな、そのバリアントに。ぜひ教えを請いたい……」

　キムは、さて最後の〝シェブロン〟二機を失ったわけだが……、と口の中で漏らした。

第八章　バリアント

　メグミ・モリアーティ陸軍特技兵は、ＦＡＡビルの二階にいた。南側を見る窓辺の車いすに座っていた。ドローンを操縦する送受信アンテナは、屋上に伸ばしてあるので、窓際に近寄る必要はない。むしろ危険だった。狙撃される危険もある。

　何度か部屋の奥に引っ込めと注意されたが、彼女はそこを動かなかった。彼女の任務を、手足となってサポートするために、二人の兵士が付けられていた。

　何もかも、特別扱いだった。軍にも障がい者はいる。ほとんどは、任務中の負傷が原因で、しかし職務は、事務職へと回されるものだ。

　彼女も任務中の事故による車いす生活だったが、例外的にまだ現場部隊に留まり続けていた。それだけの、特別に高度なスキルを持っていたからだ。

　ソフィア・Ｒ・オキーフ少佐が、まるで逃れるようにして、一階の指揮所から上がってきた。

　暗がりで、「ここは静かね……」と漏らした。

「時々、下から怒鳴り声が聞こえてきますよ？」

「ええ。ボロボロよ、もう……。敵に、凄腕のドローン・パイロットがいるんですって？」

「はい。たぶん、高校生集団です。クインシーを救った〝チェイサー〟の面子でしょう」

「知っているの？」

「直接は知りません。自分は出不精なので。でも、ドローン部隊は、いろんなイベントの後援もしているので、噂は聞いています。今、ここにいるべき、最も優秀なドローン・パイロット・チームは、彼らです」

「貴方を除いてはね？」

「どうだろう。今のところは一勝一敗ですね」

「立ち入ったことを聞くけれど、貴方、中国系なの？」

「いいえ、アイルランド系であり、日系です。父が日本と中国のハーフで、でもその日系の名前は、アメリカ人には発音が難しいということで、私はアイルランド系の母の苗字を名乗りました。生まれた頃は、まだ日本が輝いていて、それで、日本の記憶なんてない父が、ノスタルジーで日本名を付けたらしいです」

「そうなの。自衛隊と戦うことに、わだかまりはない？」

「アメリカは、イギリスと戦争しましたよね」

「そうね」

　階下の指揮所から、少佐を呼ぶ声がした。

「それで、バトラー本隊が、戦車や装甲車をこれ以上失うことを恐れているのよ。攻撃はドローン主体でやったらどうかと。でもこっちだって、その数のドローンを持ち出せたわけじゃない。貴方が開発した、あのほら何とかいう」

「〝シェブロン〟です。敵に奪われて、でもそろそろ弾は尽きる頃です」

「そう。それは全部奪われたみたいだし。でも、バトラー軍は、即席の対人攻撃用ドローンをハンドメイドで作ったと言って運んできているのよ。パイロットと一緒に預けると。貴方に指揮を任せます」

「使い物になるとは思えないけれど。自衛隊が使っている対ドローン兵器のスリンガーは高性能です。こちらのM‐SHORADより優れているし、ルイス基地には、イーグルスもいます」

「あんなのを使う？　たかがドローンを叩き墜すのに」

「使えますよ。さすがにあれは、私でも叩き墜せませんから」

「できることで結構です。今後とも期待してます。貴方の愛機、何でしたっけ」

「XR‐31A〝カタナ〟。日本刀のことを言うのですけれど、私が命名したんじゃありません。君しか操縦できないからと、上官が命名したんです」

「とにかく、お願いします」

再び、階下から少佐を呼ぶ声がした。

「貴方の動機は何かしら？」

「別の人生を送りたかった……。大学でキャンパスライフを送り、ホワイトカラーとして働いて……。でも、うちは貧しかった。復讐です。国家と社会への」

「バトラー軍の半分は、そういう人々よね。貴方は生き残りなさい。でも、もう復讐は果たしたわよ。この国は瓦解した。もっと酷くなるだろうけれど」

オキーフ少佐は、駆け足で下へと降りていった。

かつて、パイロットTACネーム〝変異体《バリアント》〟として知られたメグミ・モリアーティ特技兵は、あの子たちは、私の存在に気付くだろうか？　と思った。その界隈では、バリアントはアジア系男性だということになっている。その偽情報をネットに流したのは、彼女自身だったが。惨めな人生を送る羽目になった自分の存在を誰にも知られたくなかった。

彼らが、良い人生を送ってくれればいいが、と思った。軍隊なんかに入らずに、事故にも遭わずに……。でもそうするには、アメリカが立ち直り、再生しなければならない。

自分を置き去りにして、人々が笑顔で語り合う社会なんて、二度と来てほしくないという思いもあった。

姜小隊は、509号線の西側、7番通りを北上して、展開しつつ戦っていた。水機団は彼らの後方、海岸寄りのルートを後退している。

本来は、509号線を阻止線として退却支援したかったが、509号線の東側は、住宅街が続く。敵がいきなり戸建ての陰から飛び出してくる。あまりに危険で、509号線を渡る所で阻止するしかなかった。

待田が、「撤退を急がせてください！」と〝メグ〟の原田に呼びかけた。原田の〝メグ〟は、まだボート置き場に留まったままだった。

「どうなっている？」と土門が尋ねた。

「スリンガーの30ミリ砲弾が間もなく切れます」

「なんで？」

「アダック島でだいぶ消費して、もちろん予備弾もあったから、それでしばらく凌ぎましたが、ここをただ一両で支えきるほどの砲弾は持参していませんでした。そもそも試験車両なので、日本にもこの高性能なエアバースト弾はもうありません。アメリカ陸軍はスリンガーは持っていないから、M-SHORAD用のエアバースト弾も流用できない」

「なんとかならないのか？」

「なりません！　空港北側に現れたバトラー軍が加わり、敵の数は倍増します」

「まず〝メグ〟を出させろ！　援護して離脱させろ。いつまであんな所にいるんだ。最悪の場合は、立て籠もるしかないぞ。海岸沿いの工場やら何やらに幅を持って立て籠もるしかない」

「駄目ですよ！　そんなの。敵にはまだほとんど無傷のストライカーとかいるんですよ？　一軒一軒潰されていくだけです」

「装備を捨てて泳ぐのはどうだ？　彼ら水機団だから、泳ぎもそこそこだろう」

「この水温じゃ、ゾディアックで拾い集める前に半分が溺死する。海へ入るのはなしです」

「ナンバーワンはどこだ？」

「ここは煩いからと、近くの〝エイミー〟にいます。たぶんキム中佐も乗り込んでいる」

〝メグ〟が潜むボートハウスからほんの二〇〇メートル南で激しい銃撃戦が起こっていた。凄まじい火力の部隊がいる。

「あれは誰だ？　水機団はあんな武器は持っていないだろう？」

「恐らくミルバーン中佐の部隊です。新型軽機関銃からショットガンまで、火力はうちとほぼ同じです」

「チャンスだ。〝メグ〟を下がらせろ。今のうちだ」

今度こそ、ようやく〝メグ〟が動いて海沿いのルートを南下し始めた。

「榊小隊はどうか？」

「デモイン川河口、撤収準備中、最後に来た負傷者を連れて間もなく脱出します」

「隊員名簿との突き合わせとかできているのか？　全員脱出できた確証はありや？」

「いえ。しかし、分隊長レベルでは員数確認は常にやっています。それを信じましょう」

「ルートの屈曲部というか、狭隘部だな。そこまでざっくり七〇〇メートルか……」

仲間を出迎えていた榊小隊の隊員が全力疾走しているのが見えた。だが最後に、負傷者を両側から抱きかかえるようにして後退してくる者がいる。

彼らは、河口のすぐ南にあるデモイン・マリーナの港へと向かっていた。普段は、それなりの価格のプレジャーボートがびっしりと艀《はしけ》に繋いであるはずだが、今はもぬけの殻だった。彼らは、燃料が続く限り走り、カナダ側へと脱出したのだ。

「ボートが残っているのか？」

「ボートと言えばボートらしいが……、たぶん手こぎボートでしょう」

それは、最後になった隊員一人を抱きかかえて、榊と工藤が、いざという時の脱出用に確保していた手こぎボートだった。

港を出れば、南北に長い消波ブロックの陰に隠れて沖を南下できる。土門は、良いアイディアだと思った。

「あいつさ、榊と言ったか。できる男だよな？」

「そりゃ、防大一選抜で、レンジャーバッジも空挺バッジも誰より早く取得したそうだから、できるでしょう」

「うちに引き抜くか？」

「やめときましょう。数十年後、同期から陸幕長を！　と張り切っている連中を全員敵に回すことになります」

「そら残念だな」

オールを漕ぐ時の水しぶきがドローンから見えた。

ミルバーン隊と交戦していた敵が少しずつだが押し返されていく。

「みんな走らせろ！　彼らの銃弾もそんなには持たないぞ。あんなに派手に撃ちまくったら戦車だのストライカーだのが出てくる」

スキャン・イーグルが、新たなターゲットを発見してモニターに表示し始めた。だが、〝ラプラシアン〟に乗っ取られた方の画面には、そのターゲットは映っていない。

普通の偵察用ドローンかと思われたが、徐々に数が増していった。統制が取れた飛行ではなかったが、倉庫街から離陸して、一〇機、二〇機と増えていく。

「群攻撃《スウォーム》だぞ。照明弾を用意し、到達時刻に上空を警戒させよ！」

発進場所からほんの三キロだ。あっという間に飛んでくる。マリーナ南側へと向け、先に脱出した水機団迫撃砲小隊二門が布陣し、照明弾を上げ始めた。ショットガンで応戦するしかない。

更に、十数機が上がってくる。幸いなのは、五月雨《さみだれ》式の攻撃らしいことだった。

「スリンガーは届くか？」

「有効射程距離外ですが、何機かは墜とせるでしょう」

「では、全弾撃たせてから下がらせろ」

スリンガー防空システムは、三機を撃墜して弾切れになった。

水機団隊員と姜小隊のコマンドが、頭上を見上げてショットガンを撃ちまくる。何機かは墜とせたが、何機かは突っ込んできた。そして何機かは、突っ込んだ後も不発だったが、何機かは、隊員のすぐそばで、ダクトテープで胴体に止められていた手榴弾が爆発して負傷者を出した。

「建物に入らせるしかないぞ？」

「そしたら、あのドローンは開口部から建物内にも押し入ってくることでしょう。ここで凌ぐしかありません」

「せめて――」

スキャン・イーグルの下で、真っ直ぐ線を引いて飛んでくるものがあった。真っ直ぐというか、〝ベス〟の遥か後方から放たれた何かだった。

「何だ？　これは。スティンガーか？」

「いえ……。スティンガーより射程距離が長い。

となると、これは、イーグルス防衛システムです。70ミリ・ハイドラ・ロケット弾をハンヴィ型トラックに乗せてレーザー誘導するシステムです」

「これがそのトゥルー・アーミーて奴らか？」

「わかりませんが、数が足りるかどうか。この誘導ロケット弾は、四発装備のキャニスターですから。四発撃ち終わったら、人間の手で、このキャニスターを予備と交換する必要があったはずです」

〝メグ〟の遥か後ろから八発が発射され、六機を撃ち落とし、二発が地上に突っ込んで爆発した。だがまだ、背後に続いていた。

バーデン中佐が操縦するMH - 60Mブラックホーク・ヘリは、海面上をほんの三〇フィートほどの高度で飛んでいた。前方では、至る所で曳光弾が上がり、地上では、ドローンが爆発を繰り返していた。

ベラ・ウエスト中尉が、インカム越しに機長に何かを聞き返していた。

「どういう意味ですか！」

「つまり、M - SHORADは、スティンガーを装備していないということだ。あれはブッシュマスター砲の他に、ヘルファイア・ミサイル二発と、スティンガー地対空ミサイル四発のキャニスターを装備しているだろう？　だけど、私は、あのレール型のキャニスターに、ヘルファイア・ミサイルが下がっているところを見たことはないし、スティンガー・ミサイルが入っているとも思えない。なぜかといえば、それらは全てウクライナに供与されて、M - SHORADなんぞに回す余裕はなかったんだと思うよ。積んでいるのは、たぶん30ミリのエアバースト弾だけだ。だから、海岸線上空に留まる限りは安全だと思う。歩兵がスティンガーを撃ってこない限り」

「随分と、幸運な要素が必要ですね。ではそれに賭けましょう！　イーライ、しっかりやってよ！」

バーデン中佐は、左翼側を地面に寄せてドリフト飛行で機体を横滑りさせ始めると、ほんの少し高度を上げた。ハント中尉が、向かってくるドローンに向けて、ドアガンを斉射し始めた。弾を撃ち尽くすと、今度は機体を一八〇度回頭させて、右翼側から、本来は狙撃兵のマシュー・ライス上等兵曹が引き金を引く。後続の七機のうち、五機は叩き墜した。

弾を撃ち尽くすと、すぐさま高度を落として沖合へと脱出した。

土門は、現場の状況の酷さに少し険しい顔をした。負傷者が何人か出ていた。何人かというより、何人もだ。

原田が後退する途中で担架とメディックバッグを担いで〝メグ〟を飛び降りて走り出した。

「トリアージとかは良いから、そこから担いでさっさと走れ！　走れ！」

「移動させないと、また囲まれます。ミルバーン隊の援護が水の泡になる」

「ガル、ミルバーン隊が陣取っている場所に何人か送れ！　あの辺りで足止めすれば、北はともかく、海岸線沿いに退路を確保できる」

「マリーナビュー・ドライブはもう走れません。本当に、ビーチの、細い波打ち際を走ることになりますが？」

「他に手はない。とにかく、負傷者が脱出できるまで、時間稼ぎさせろ」

「了解。けど奇妙だ。戦車が後退し始めている……」

「歩兵だけで押し潰す自信ができたのだろう。三個小隊も使って後退を支援したのに、敵は良い場所に陣取った。彼らの作戦のほとんどを潰したつもりだったが、倉庫街に陣取らせてしまったことは、私の想定ミスだ」

街の北側から、まるでコップを倒した後の水が、テーブルに拡がるような感じで、敵の前線が下がってくる。横一列に並び、安全を確保しながら下がってくる。まだ追い付かれる心配はなかったが、早く移動する必要があった。

原田が、次々とトリアージし、最も傷が深い隊員の治療に当たっていた。膝下の動脈を切り、プレートキャリアの隙間から脇腹にも破片が刺さったままだった。

傍らに、上陸してきた榊一尉と工藤曹長がいた。

「曹長、ここは孤立する。行って下さい！」

「どうやって脱出するんです？　どこかに隠れますか？」

と榊が聞いた。

「二人が乗ってきた手こぎボート、彼を担いで、あれで脱出します」

「では、われわれも同行しますよ」

「浜から撃たれるでしょう。沖まで漕ぐ間にね。それに、彼はボートに座れる状態ではない。寝かせた状態で三人も座るスペースがあったとは思えません」

「じゃあ、自分は泳いで後ろから押しますよ」

負傷者を担ぎ上げ、ビーチへと向かう頃には、敵の怒鳴り声が聞こえ、弾が着弾し始めていた。

土門が、その様子をいらいらしながら見ていた。

「ガル、81ミリの白煙弾はあるよな？　あれで、連中の脱出を偽装できないか？」

「効果は見込めません。海沿いで、それなりの風がある。白煙は滞留はしないでしょう。一、二発、榴弾を撃ち込んで脅す程度のことはできるでしょうが」

「やれ！　できることは全部やれ。そして、部隊の撤収を急がせろ。ミルバーン隊にも退却を指示だ。間に合えば良いが……」

突然、背後から、ザザッ！　ザザッ！　と奇妙な音が聞こえてきた。スピーカーから大音量を流しているような感じだった。

上げられたEOセンサーのカメラが、その方角を向くと、曳光弾が一斉に空へと向けられているのが見えた。何百発もの曳光弾が、空へ向かって一斉に撃たれている。

「なんだこれ？……。味方なのか？」

指揮官ブースで、英語フランス語のちゃんぽんで誰かと話し続けていたルグラン少佐が現れ、「遅くなりました！」と告げた。

「報告します！　カナダ国防軍部隊、自衛隊支援のため、まもなく援護位置に就くとのことです――。間に合いそうにないので、ひとまず空へ向けて曳光弾を撃って、敵を圧迫すると！」

ルグラン少佐は、少し涙ぐんでいるように見えた。彼女はそれほど必死で救援を要請し続けたのだろう。

「なぜ？　君らはマッコードから輸送機に乗ったのではないのか？」

土門が唖然として聞いた。

「ディスパッチャー・タイムまで、まだしばらく時間があったそうです。ほら、日本語で何とか言いましたよね。一緒にご飯を食べた縁というか、奢ってもらったお礼は忘れないとか……」

「一宿一飯という。われわれは任務でそうしたまでだ。無理をしたな、君は。戦死者でも出したら恨まれるぞ」

「ええ、はい。敵が無理を悟って下がってくれることを祈っています」

グラディエーター・トムが指揮する反乱軍部隊は、今度こそ後退した。そしてバトラー軍も。彼らは、一度は諦めるしかなかったシアトル・タコマ国際空港を奪取できて、喜んでいた。これは、大きな勝利であると、早速ラジオ演説を始めた。

敵とどんな戦いを繰り広げたかに関しては、いっさい触れなかった。

都市型汎用指揮車〝エイミー〟の後部キャビンで、キム中佐は、スキャン・イーグルの映像を見ていた。

「おかしい。〝ラプラシアン〟は、まだ私の偽装に気付いていない。彼は、ひょっとしたら人間ではないのかもしれない」

「シンギュラリティを突破して自我を持ったAIということですか？」

と姜二佐は聞いた。

「いや。そこまではいかないでしょう。ただ、かなりの自由裁量を持たされたAIだとは言えます。たとえば、書かれたプロンプトはただ一行、『バトラー軍を支援せよ』。その一行にだけ従い、行動しているのかもしれない。もちろんそれを書いて命令した人間はいるでしょうが、それを果たして黒幕と言って良いのかどうか……」

「深刻そうね。では、マッコード基地まで下がりましょう」

基地から出発した軍用トラックに、疲労困憊《こんぱい》の水機団隊員が乗り込んでいく。今夜の行軍は、水機団のザ・モガディシュ・マイルになったことは間違いなかった。

バンの中で、タッカーとベッキーも話していた。バリアントに関して。

「彼、私たちのことを知っていると思う？」

「ずっとワシントン州にいたとしたら、知っているだろうね、僕らの活躍は。自分に対抗できる唯一のパイロット・チームだと認識してくれていれば、名誉なことだけど」

「冗談はよしてよ。彼は、私たちがクインシーを守り抜いたことにも直に気付くわ。きっと私たちの顔写真が、そこいら中に貼り出されることになる……」

「その時はその時だ。縛り首になる前に、彼に遭いたいね」

　タッカーは、気にしてない様子だった。暇があったら、彼の得意技、バリアント・ターンを練習しなければと思っていた。

エピローグ

エネルギー省高官のM・Aことミライ・アヤセを乗せたエネルギー省専用機、終末の日の指揮機《ドゥームズデイ・プレーン》こと〝イカロス〟は、その頃、シアトルから二〇〇マイル東にあるスポケーン上空を旋回していた。ここが、広大なワシントン州の東端だった。

エネルギー省で七人しかいないQクリアランスを持つM・Aは、今同時に、核兵器発射コードが入ったブリーフ・ケース〝フットサル〟を持つ唯一の人間ともなっていた。

イカロスの前方に設けられた静音ルームで、車いすに座ったままM・Aは少しうとうととしていた。

その部屋の明かりは消してあり、彼女の安眠を妨げるものはなかった。

しかし、副官のレベッカ・カーソン海軍少佐が、コクピットから現れた。ただし部屋の電気は点けなかった。つけっぱなしのパソコンの明かりだけで十分、表情は読み取れた。

「お休みのところ、申し訳ありません。報告です。たった今、シアトルが陥落しました。シアトル空港をバトラー軍が占拠し、自衛隊部隊は、犠牲を払いつつ撤退、現在、マッコード空軍基地を目指しているようです」

「そう……。残念ね。あの土門将軍でも、押されることがあるのね。ということは、もうシアトルに降りてのボーイングの支援は得られないということね？」

「はい、現状では、最後まで踏み留まっていたエンジニアたちも、一斉に脱出するかと」

「この機体は？」

「スポケーン隣のフェアチャイルド空軍基地に降りて、最低限の補給ができるように手配してあります。いったん、カナダ空域に脱出するのが妥当かと思いますが――」

この機体を指揮するテリー・バスケス空軍中佐が飛び込んできて、通信装置のコンソールを弄《いじ》った。

「これは、たった今、軍の回線で流れているものです。全国向けには、ロンドンからのＢＢＣのラジオ短波放送として流されるはずです」

新大統領の肉声だった。

「……そして、上院軍事委員会の委員長まで務めた私のことを、軍隊嫌いだとか、軍人を軽蔑しているという根も葉もない噂がばらまかれている。私の娘は、陸軍にいる。陸軍のナイト・ストーカーズという特殊部隊で、ブラックホーク・ヘリコプターの操縦桿を握っている。今般、ロシアと中国軍がアリューシャン列島のアダック島を奪取せんと上陸してきた時、娘はただ一機の武装ヘリを操縦し、島を守り抜いた。私は、娘べラのことを何より誇りに思っている！　私のことを軍隊嫌いだなどという暴言は決して許さない！」

「あらら。大統領、軍の暴発を抑えきれないみたいね。外の様子を見せて？　夜明けはまだかしら……」

大型モニターに、機外カメラの映像が映し出される。赤外線モードだが、護衛するＦ-35Ａ型戦闘機が見えた。その向こう、東の空に薄いラインが見える。それが夜明けの印だった。アメリカの夜明けは限りなく遠いだろうな……、と思った。

ミライの父親、ヒロフミ・アヤセ合衆国陸軍予備役中将は、アスペンのダウンタウンにある友人の家で休んでいた。ベッドではなく、ソファでうたた寝していた。

市役所で、自分を呼び出した当人を待ち続けたが、一向に現れないので、眠たげな孫を連れて知り合いの家まで自分の車で走ってきた。

人口七千人の街、アスペン市長のフランツ・ミユラーは、四〇代半ばで、コロラド州知事は飛ばして国政にチャレンジするというもっぱらの噂だった。

アヤセは、孫が起きるからと、上着を持って外に出た。川の水の流れが聞こえてくる。

外はひんやりとはしていたが、寒くはなかった。いや、全く寒くない。谷底の街なので、夜明けは遅い。

「私を捜し回ったとしたら申し訳ない。孫が眠たそうにしていたのでね、釣り仲間の家に泊めさせてもらうことにした」

「そんなことはどうでも良いんです」

市長は、固い表情のままだった。

「暖かいね。夜明け前にしては……」

「華氏六〇度です」

「六〇度？　こんな時間で？　酷いなそれは……。エアコンが要りそうだ」

市長は、疲れた顔で、話を急いでいた。

「それで、貴方の知識と経験と、威厳が必要です。この街の治安を守るために」

「ドイツ系の脂ぎった貴方の顔と市長という威光だけで十分だと思うぞ？」

「冗談ではないのです、将軍！　やがて、人口の十倍二十倍の避難民でこの街は溢れかえる。トイレは詰まり、テキサスみたいに停電するのは時間の問題です。何かが起こってからでは遅い！　起こる前に、私は備えておきたい」

「それは……、仕方ないな。わかった！　協力しよう。スシを握るということで良いかな？　チャーハンとなると、たぶん私より上手にフライパンを使える中国系のジジイがいるはずだ」

市長は、一瞬ポカンと口を開けてみせたが、気を取り直して、これが冗談ではないという印に、姿勢を正してアヤセを見遣った。

「有無は言わせません！　貴方は、危機管理のスペシャリストだ。たぶん、今中西部にいる軍人やそのOBの中で、最高の能力を持つと言われた男だ。市民社会への協力は、軍人としての貴方の義務です！　お孫さんは、そのご友人に預けて、すぐ私と来て下さい！」

「そんな与太話を市長に吹き込んだのは誰だ……。だがまあ、いいだろう。入れ歯と紙オムツと補聴器を持ってくる。あと、やっぱり〝蛮刀《ククリ》〟が要りそうだな……」

アヤセがぶつぶつ漏らしながら家の中へと消えていくと、市長は、顔を上げて山々の稜線を見上げた。

山の稜線が、黄金色に輝こうとしていた。この一瞬を見たら、人生感が変わるという人々がいる。深い感銘と、自然の偉大さを感じざるを得ないと。だが、自分が守らねばならないものは、何より文明だ！　文明社会だ。そのために使えるリソースは、たとえお迎えが来る直前の爺さんでも使うしかなかった。

〈二巻へ続く〉

ご感想・ご意見は
下記中央公論新社住所、または
e-mail：cnovels@chuko.co.jpまで
お送りください。

C★NOVELS

大統領奪還指令《だいとうりょうだっかんしれい》1
——同盟国撤退《どうめいこくてったい》

2024年11月25日　初版発行

著　者　大石《おおいし》　英司《えいじ》

発行者　安部　順一

発行所　中央公論新社
〒100-8152　東京都千代田区大手町1-7-1
電話　販売 03-5299-1730　編集 03-5299-1930
URL https://www.chuko.co.jp/

ＤＴＰ　平面惑星

印　刷　三晃印刷（本文）
大熊整美堂（カバー・表紙）

製　本　小泉製本

Published by CHUOKORON-SHINSHA, INC.
Printed in Japan　ISBN978-4-12-501487-6 C0293

アメリカ陥落 1
異常気象

大石英司

アメリカ分断を招きかねない“大陪審”の判決前夜。テキサスの田舎町を襲った竜巻の爪痕から、異様な死体が見つかった……迫真の新シリーズ、堂々開幕！

ISBN978-4-12-501471-5 C0293　1100円　カバーイラスト　安田忠幸

アメリカ陥落 2
大暴動

大石英司

ワシントン州中部、人口八千人の小さな町クインシー。ＧＡＦＡＭ始め、世界中のデータ・センターがあるこの町に、数千の暴徒が迫っていた――某勢力の煽動の下、クインシーの戦い、開戦！

ISBN978-4-12-501472-2 C0293　1100円　カバーイラスト　安田忠幸

アメリカ陥落 3
全米抵抗運動

大石英司

統治機能を喪失し、ディストピア化しつつあるアメリカ。ヤキマにいたサイレント・コア部隊は邦人救出のため、一路ロスへ向かうが――。

ISBN978-4-12-501474-6 C0293　1100円　カバーイラスト　安田忠幸

アメリカ陥落 4
東太平洋の荒波

大石英司

空港での激闘から一夜、ＬＡ市内では連続殺人犯の追跡捜査が新たな展開を迎えていた。その頃、シアトル沖では、ついに中国の東征艦隊と海上自衛隊第四護衛隊群が激突しようとしていた――。

ISBN978-4-12-501476-0 C0293　1100円　カバーイラスト　安田忠幸

表示価格には税を含みません

アメリカ陥落５
ロシアの鳴動

大石英司

米大統領選後の混乱で全米が麻痺する中、攻め寄せる中国海軍を翻弄した海上自衛隊。しかしアリューシャン列島に不穏な動きが現れ……日中露軍が激しく交錯するシリーズ第５弾！

ISBN978-4-12-501478-4 C0293　1100円　カバーイラスト　安田忠幸

アメリカ陥落６
戦場の霧

大石英司

アリューシャン列島のアダック島を急襲したロシア空挺軍。米海軍の手薄な防御を狙った奇襲であったが、間一髪“サイレント・コア”の二個小隊が間に合った！　霧深き孤島の戦闘の行方は！

ISBN978-4-12-501479-1 C0293　1100円　カバーイラスト　安田忠幸

アメリカ陥落７
正規軍反乱

大石英司

守備の手薄なアダック島に、新たに中露の兵を満載した航空機２機が着陸。アダック島派遣部隊を率いる司馬光の決断は……アリューシャン列島戦線もついに佳境！　アメリカ本土に新たな火種も！

ISBN978-4-12-501481-4 C0293　1100円　カバーイラスト　安田忠幸

アメリカ陥落８
暗黒の夏

大石英司

全米に広がった暴動の末、大統領が辞任を発表、さらに陸軍の英雄マッケンジー大佐の煽動により正規軍が反乱した！　アメリカの分断がもたらすのは破局か、それとも。緊迫のシリーズ最終巻！

ISBN978-4-12-501483-8 C0293　1100円　カバーイラスト　安田忠幸